Bachelors Get Lonely

新編賈氏妙探

之21 寂寞的單身漢

賈德諾 Erle Stanley Gardner 著 周辛南 譯

目錄
Contents

Bachelors Get Lonely

出版序言

關於「妙探奇案系列」

當代美國偵探小說的大師，毫無疑問，應屬以「梅森探案」系列轟動了世界文壇的賈德諾（E. Stanley Gardner）最具代表性。但事實上，「梅森探案」並不是賈氏最引以為傲的作品，因為賈氏本人曾一再強調：「妙探奇案系列」才是他以神來之筆創作的偵探小說巔峰成果。「妙探奇案系列」中的男女主角賴唐諾與柯白莎，委實是妙不可言的人物，極具趣味感、現代感與人性色彩；而每一本故事又都高潮迭起，絲絲入扣，讓人讀來愛不忍釋，堪稱是別開生面的偵探傑作。

任何人只要讀了「妙探奇案」系列其中的一本，無不急於想要找其他各本，以求得窺全貌。這不僅因為作者在每一本中都有出神入化的情節推演，而且也因為書中主角賴唐諾與柯白莎是如此可愛的人物，使人無法不把他們當作知心的、親近的朋友。「梅森探案」共有八十五部，篇幅浩繁，忙碌的現代讀者未必有暇遍覽全集。而「妙探奇案系列」共為廿九部，再加一部偵探創作，恰可構成一個完整而又連貫的「小全集」。每一部故事獨立，佈局迴異；但人物性格卻鮮明生動，層層發展，是最適合現代讀者品味的一個偵探系列。雖然，由於賈氏作品的背景係二次大戰後的美國，與當今年代已略有時間差異；但透過這一系列，讀者仍將猶如置身美國社會，飽覽美國的風土人情。

本社這次推出的「妙探奇案系列」，是依照撰寫的順序，有計劃的將賈氏廿九本作品全部出版，並加入一部偵探創作，目的在展示本系列的完整性與發展性。全系列包括：

①來勢洶洶 ②險中取勝 ③黃金的秘密 ④拉斯維加，錢來了 ⑤一翻兩瞪眼 ⑥變！失蹤的女人 ⑦變色的色誘 ⑧黑夜中的貓群 ⑨約會的老地方 ⑩鑽石的殺機 ⑪給她點毒藥吃 ⑫都是勾搭惹的禍 ⑬億萬富翁的歧途 ⑭女人等不及了 ⑮曲線美與痴情郎 ⑯欺人太甚 ⑰見不得人的隱私 ⑱探險家的嬌妻 ⑲富貴險中求 ⑳女人豈是好惹的 ㉑寂寞的單身漢 ㉒躲在暗處的女人 ㉓財色之間 ㉔女秘書的秘密 ㉕老千計，狀元才 ㉖金屋藏嬌的煩惱 ㉗迷人的寡婦 ㉘巨款的誘惑 ㉙逼出來的真相 ㉚最後一張牌。

本系列作品的譯者周辛南為國內知名的醫師，業餘興趣是閱讀與蒐集各國文壇上高水準的偵探作品，對賈德諾的著作尤其鑽研深入，推崇備至。他的譯文生動活潑，俏皮切景，使人讀來猶如親歷其境，忍俊不禁，一掃既往偵探小說給人的冗長、沉悶之感。因此，名著名譯，交互輝映，給讀者帶來莫大的喜悅！

譯序

美國有史以來最好的偵探小說

周辛南

賈氏「妙探奇案系列」，（Bertha Cool—Donald Lanm Mystery）第一部《來勢洶洶》在美國出版的時候，作者用的筆名是「費爾」（A. A. Fair）。幾個月之後，引起了美國律師界、司法界極大的震動。因為作者大膽的在小說裡寫出了一個方法，顯示美國人在現行的美國法律下，可以在謀殺一個人之後，利用法律上的漏洞，使司法人員對他無計可施，只好讓他逍遙法外。

於是「妙探奇案系列」轟動了美國的出版界、讀書界和法律界，到處有人打聽這個「費爾」究竟是何方神聖？

作者終於曝光了，原來「費爾」就是名作家賈德諾的另一個筆名。史丹利・賈德諾（Erle Stanley Gardner）是美國當代最著名的作家之一。他本身是法學院畢業的律師，早期執業於舊金山，曾立志為在美國的少數民族作法律辯護，包括較早期的中國移民在內。律師生涯平淡無奇，倒是發表了幾篇以法律為背景的偵探短篇頗受歡迎。於是改寫長篇偵探推理小說，創造了一個五、六十年來全國家喻戶曉，全世界一半以上國家有譯本的主角——梅森律師。

由於「梅森探案」的成功，賈德諾索性放棄律師工作，專心寫作，終於成為美國有史以來第一個最出名的偵探推理作家，著作等身，已出版的一百多部小說，估計售出七億多冊，為他自己帶來巨大的財富，也給全世界喜好偵探、推理的讀者帶來無限樂趣。

賈德諾與英國最著名的偵探推理作家阿嘉沙．克莉絲蒂是同時代人物，都活到七十多歲，都是學有專長，一般常識非常豐富的專業偵探推理小說家。

賈德諾因為本身是律師，精通法律。當辯護律師的幾年又使他對法庭技巧嫻熟，所以除了早期的短篇小說外，他的長篇小說分為三個系列：

一、以律師派瑞．梅森為主角的「梅森探案」；

二、以地方檢察官Doug Selby為主角的「DA系列」；

三、以私家偵探柯白莎和賴唐諾為主角的「妙探奇案系列」；

以上三個系列中以地方檢察官為主角的共有九部。以私家偵探為主角的有二十九部，梅森探案有八十五部，其中三部為短篇。

梅森律師對美國人影響很大，有如當年英國的福爾摩斯。「梅森探案」的電視影集，台灣曾上過晚間電視節目，由「輪椅神探」同一主角演派瑞．梅森。

研究賈德諾著作過程中，任何人都會覺得應該先介紹他的「妙探奇案系列」。讀者只要看上其中一本，無不急於找第二本來看，書中的主角是如此的活躍於紙上，印在每個讀者的心裡。每一部都是作者精心的佈局，根本不用科學儀器、秘密武器，但緊張處令人透不過氣來，全靠主角賴唐諾出奇好頭腦的推理能力，層層分析。而且，這個系列不像某些懸疑小說，線索很多，疑犯很多，讀者早已知道最不可能的人才是壞人，以致看到最後一章時，反而沒有興趣去看他長篇的解釋了。

美國書評家說：「賈德諾所創造的妙探奇案系列，是美國有史以來最好的偵探小說。單就一件事就十分難得——柯白莎和賴唐諾真是絕配！」

他們絕不是俊男美女配：

柯白莎：女，六十餘歲，一百六十五磅，依賴唐諾形容她像一捆用來做籬笆，帶刺的鐵絲網。

賴唐諾：不像想像中私家偵探體型，柯白莎說他掉在水裡撈起來，連衣服帶水不到一百三十磅。洛杉磯總局兇殺組宓警官叫他小不點。柯白莎叫法不同，她常說：「這小雜種沒有別的，他可真有頭腦。」

他們絕不是紳士淑女配：

柯白莎一點沒有淑女樣，她不講究衣著，講究舒服。她不在乎別人怎麼說，我行我素，也不在乎體重，不能不吃。她說話的時候離開淑女更遠，奇怪的詞彙層出不窮，會令淑女嚇一跳。她經常的口頭禪是：「她奶奶的。」

賴唐諾是法學院畢業，不務正業做私家偵探。靠精通法律常識，老在法律邊緣薄冰上溜來溜去。溜得合夥人怕怕，警察恨恨。他的優點是從不說謊，對當事人永遠忠心。

他們也不是志同道合的配合，白莎一直對賴唐諾恨得牙癢癢的。

他們很多地方看法是完全相反的，例如對經濟金錢的看法，對女人——尤其美女的看法，對女秘書的看法……

但是他們還是絕配！

賈氏「妙探奇案系列」，為筆者在美多年收集，並窮三年時間全部譯出，全套共三十冊，希望能讓喜歡推理小說的讀者看個過癮。

第一章　有格調的王老五

我走出電梯，步下走道，打開門上漆著「柯賴二氏私家偵探社」的門。接待室裡只有一位小姐在。我向她點點頭，經過接待室，推開門上漆著「賴唐諾——私人辦公室」的門。我的私人秘書卜愛茜趴在地上，正在追一小片被空調口吹來的冷風吹掉的剪報。

剪報吹進了她辦公桌底下的一角，愛茜一隻手兩隻膝蓋支在地上，伸出一隻手去抓。

「唐諾！」她叫出聲來，一面想站起來，一面把裙子向下拉。

我從另外一個方向把剪報撿起，交給她說：「我來。」

她伸手來拿，但是我一眼看到了剪報上的標題，很快把它收了回來。這則新聞述及一個女人在她自己公寓，又被搶劫又被污辱。這是最近三個月來第三件，而且沒有破案線索，受害的女人被她自己的長絲襪套在脖子上扼死。

「這一類的還有嗎？」我問。

「另外兩件完全相同的我已經放進剪報貼簿了……唐諾，你為什麼叫我做這件工作呢？」

「什麼工作？」

「把所有西南部沒有破的刑案都收集起來。」

「使你消災避禍呀。」我說：「你有沒有注意到，這些魔手都是伸向懶人的？」

「你還好意思說別人懶人。」她說：「你的合夥人柯白莎等你來上班已經很久了。」

「情緒如何？」

「再好也沒有了。我已經兩個月沒見她如此高興了，她簡直容光煥發。」

「有人一定給了她五元錢。」我說。我走過她辦公室——也是我私人的小接待室，進入我自己的辦公室。看看桌上的信件，都是些無聊常規的玩意。我又走出來。愛茜坐在她自己桌子前，小心地把剪報貼進剪貼簿。

我停下來，自她肩前向下望。

她警覺地把她左手伸上來握住領口。

「別緊張，」我告訴她：「我不會偷看的。我是在看你的剪報。」

她說：「你站我後面，這樣看下來，叫我緊張得很。」

「我從隨便什麼地方看你，我都緊張。」我說：「你保留這汽車旅館偷看女人案子幹什麼？我告訴過你只要警方急著想破的刑案。」

「我知道。」她說：「我是把它拿來看犯罪方法的。這是三天內第二次的偷窺案子了，兩件都在同一個汽車旅館，海濱的『日泳』汽車旅館。」

我唸那一段剪報。聖塔安納，靈心公寓，一位戴安妮女士在那汽車旅館過夜。淋浴出來的時候邂逅一張壓扁在一扇玻璃窗上的臉。她太緊張了，無法給警方有用的形容，但是警方從另一位受害者那裡得到了十分詳細的描述。那另一位是鳳凰城一家美容院的郝海倫，她三天前在同一旅館遇到了相同偷窺情況，說不定是同一個偷窺的人。

「常見的事，」我對愛茜說：「既然剪下來了，就貼起來吧。」一面走過她辦公室，來到大接待室。我用大姆指向柯白莎辦公室的方向一翹，兩條眉毛發問地抬起來。我們的接待小姐搖搖頭，表示她空著沒有訪客在談話。我開門自己走進去。

柯白莎是一百六十五磅的壓路機滾筒，大概有六十出頭一點的年齡，閃閃發光的小眼睛，不饒人的舌頭，天生褻瀆神聖和敵視的個性。

「唐諾，」我才把門關上，她就開口了：「什麼意思叫愛茜把報紙剪得雞零狗碎的？」

「沒事做的時候給她點事情忙忙呀。」我說。

「剪貼簿、膠水，不是一樣要花錢的嗎？」她說：「為什麼不叫她把這些東西放進用過的信封去歸檔呢。會省不少……再說，要那些廢物有什麼用？」

「這是聲東擊西的好東西。」我說。

「什麼意思？」

「當警方在某一件案子上逼得我們太緊的時候。我能挖一件有點像的案子出來，減少一點壓力。」

「嘿！」白莎嗤之以鼻地說：「給你用過兩次，你用出癮來啦。第一，警察給你騙過兩次了，他們再也不會上你當了。第二，從今以後，不論什麼案子，我們再也不會和警方有什麼糾纏不清了。」

「你怎麼能那麼確定呢？」

「因為我決定了。從今以後，我們的工作要回復到安定、安全、有理性的一面去。這本來是我的一貫作風，直到你這小子闖進來。奇怪得很，明明是一件普通常規的工作，一到你手裡七變八變就變出一個轟動大家的案子，危險巴拉的和警察糾纏在一起，老使我覺得要給你送牢飯似的。」

「在以前，」白莎繼續說：「我一覺睡到大天亮，也沒有什麼高血壓的麻煩，不要說胃潰瘍了。」

「你銀行裡存款也多了呀。」我告訴她。

「那也沒有用，我要把這裡工作情形回復到本來的情況！」她說：「我再也不要這種一次頭的客戶了。」

「什麼叫『一次頭的客戶』？」我問。

「你知道我什麼意思——那些兩條長腿，神秘兮兮的女人老是燈蛾撲火似的在你身邊盤旋。她們每一個都是一次頭的貨。她們自己闖了禍，弄得渾身麻煩，危險到火燒眉毛，跑到你這裡來轉彎抹角，甜言蜜語的……你看她們敢不敢來找我。半哩路之外我就知道她們是什麼貨了。也只有你，每次都會上她們的當，只要有兩條腿，兩滴眼淚和偽裝的無辜，就行了。」

「好了，白莎。」我說：「一早起來爭這個題目沒什麼意思，你吵著要見我，你要什麼？」

白莎的臉淘氣地笑了起來。「唐諾，」她說：「我們辦到了。」

「辦到什麼啦？」

「開始引起我一直希望爭取的那種長期安全戶的注意了。大的、重要的、有勢力的大機構，聘請我們替他們做受敬重而沒危險的工作，不再稀罕你替公司弄來的貨。」

「再多告訴我一點。」

「他的名字叫孫夢四。」白莎說：「是孫氏綜合保證投資聯營的董事長。他的名字實在不夠唬人。」

「嗯，」我說：「有點像搞大家樂的。」

「但是他命好，受尊敬得很。」

「他做什麼的？」

「他自己做商業房產的調查工作。」

「土木工程師？」

「不是那一類調查。他選一塊有潛力的商業地產，調查每天有多少車輛經過這裡，多少人走過這裡，然後看附近的地段有些什麼已經在營業的店，來決定這裡當開設一個什麼樣的店，最高的租價應該定為多少。

「當他決定後，他跑去找房東，把地皮長期的租賃下來，由他造房子來出租，最後到期的時候房契也就歸地主所有。」

「說下去。」我說。

「房子造好，他去找許多做生意有興趣的人，來分租他的房子。月租當然足夠他房子的回本和付地主租金，於是大家高興。」

「除非做生意的人不能賺錢。」我說。

「會賺錢的。」她說：「這就是孫先生高明的地方，也是他成功的秘密。房子裡要開什麼店都經過調查，不隨便出租給不合他意思的行業。」

「你想孫先生是講究效率的？」

「那還用說？」白莎說：「十分的有效率。這種工作才是我們應該投入的，千萬別再做這些冒險工作，在州立監獄前晃來晃去了。」

「誰在州立監獄前晃來晃去了？」

「上一件案子，你就是這樣。」

「亂講，」我說：「宓善樓警官『認為』我在州立監獄前晃來晃去，他把這個概念賣了給你。」

「不管怎麼樣。」白莎說：「這是件好事情，我們開始只做正經工作，為大的公司做事。據說孫先生還有幾塊大的郊外社區。有一塊在棕櫚泉去印甸的路上，大概五里的地方。」

「好吧，孫夢四要我們做什麼？」

「像他的工作方式，」白莎說：「他的一切調查所得必須是非常保密的。」

「當然，」我說。

「但是，他守不住秘密。」

「為什麼？」

「他不知道，他要我們給他查出來。」

「發生什麼事了？」我問。

「有一個他的競爭者，」白莎說：「叫杜漢伯。杜漢伯開了一家杜氏租賃評價開發公司。」

「又怎麼樣？」我問。

「最近好幾次，當孫氏公司花了不少時間、金錢，決定了一塊拐角地的價值之後，這些資料好像自己長了腳一樣，到了姓杜的手裡。姓杜的早一步用孫先生準備和地主開價稍高一點點的價格，把生意搶走了。」

「有可能杜氏的制度和孫先生一樣有效。」我說：「再說都市地越來越少，兩個人都看中相同的幾塊地也是可能的。」

「事實並不如此。」白莎說：「做這一種調查，事先要得警方批准的。有一根像是水管一樣的空氣管要橫在路面上，自動計算各型車輛經過的數量。另外要請人站在路邊數步行經過的人數。假如另一家公司在做相同的調查，是不可能不被發覺的。

「這一點我和孫先生討論很久。孫先生堅稱他們的資料被派司給杜氏公司了。他要我們查出來他辦公室裡的漏洞在哪裡。」

「又如何？」我問。

白莎滿面春風，用另一隻手調整一下手指上鑽石戒指的位置，眼睛看著發亮的鑽石。「都處理好了。」她說。

「說呀！」我說。我知道白莎不喜歡跑腿的工作，我更懷疑，為了這一類工作，白莎肯不肯請一個作業員負責去跑腿。

「我們要用你來做餌。」白莎說。

「怎麼個做法？」

「你在長春路迪奧街口有一塊拐角地。」

「那太棒了，」我告訴她：「像是做夢一樣。是我辦案賺來的？還是……你一點股份都不要？還是……你要了現鈔，把地給我？」

「少耍嘴皮子，」白莎不耐地說：「聽我說下去。孫先生會改變一些記錄，使大家認為這塊地已經詳細調查過了。他的記錄會顯示超額的車輛和很多行人每天會經過這個地方。這塊地會標示是個開加油站的理想地點。

「孫先生的辦公室裡，只有四個人有可能和姓杜的通消息。孫先生會有絕對機密的方法，分頭和四個人談起對你這塊地的事。他會對一個人說你這塊地每月值兩百五十元租金，對另一個人說三百五十，另一個人說四百五十，最後對一個人說五百五十元一個月。

「你看，假如孫先生懷疑是正確的，姓杜的會派個人和你聯絡，出你一個價格。從他出價的多少，我們會知道是什麼人把消息漏給姓杜的了。」

「你說他會到我們偵探社來找我，給我出——？」

「別傻了！」白莎說：「你暫時和我們偵探社脫離關係了。你是一個年輕，但是不必工作的花花大少。這塊地不過是你名下房地產中很小的一塊而已。你會住在一個很好的王老五公寓裡，很有格調的生活著，看看球賽，跑跑馬，在漂亮女人堆裡混混，不必熱衷於賺錢。你已經有錢了。」

「公寓呢？在哪裡？」我問。

「統統準備好了。」白莎打開抽屜，拿出一支鑰匙說：「這是孫先生在一家單身漢公寓所有的一套公寓房。你用你自己名字住進去，當然也不會故意太容易被人找到。」

「空閒的時候，我做什麼？」

「有閒階級紳士，空下來做什麼，你就做什麼。」白莎說：「已經告訴過你可以看看球賽，跑跑馬……他媽的，想起我一個人在辦公室做牛做馬，而你去用公款看球，賭馬，進出好餐館！」

「我一個人？」我問。

「最好一個人，」白莎說：「儘量一個人，這樣可以節省一點開支。」

「但是容易引起疑心。」我告訴她：「姓杜的不會上鉤。我最好要有個女伴。」

「唐諾！」白莎說：「這件事你不可以在開支上捅個大漏洞。我好容易和姓孫的說好，他付你這個工作員五十元一天，另外他付公司一筆錢，為的是我替他設計了如此好的一個計劃。」

「計劃是不錯。」我說：「假如管用的話。」

「一定管用。」白莎說。

「這個蛋要孵幾天？」

「一個禮拜之內要孵出雞來。」白莎說：「孫先生願意負擔你一個禮拜的開支。」

「開支不會便宜的。」我說：「去跑馬，看球賽，帶小姐出去——」

「小姐你個鬼！」白莎叫道：「你又不是百萬富翁！你不過是扮一個對兩百五十元到五百五十元一個月租金會有興趣的光棍。別以為你是去扮盤絲洞裡的豬八戒——」

「我們要付女人錢哪。」我說。

「什麼！」白莎吼道：「付錢帶女人出去吃飯？你說什麼？」

「假如是商業性的，」我說：「你一定要付！」

「把你那個牛眼睛的女秘書帶出去好了。」白莎說：「她眼睛老跟了你轉來轉去。看她那緊身毛衣，看她那低剪裁的上衣！老天——你給我滾出去。這件事不要弄得開支太大了。這是件正經事。這種事才是我們真正需要的工作。你要帶可以把愛茜帶出去。告訴她反正是拿辦公室固定薪水，一樣做事。告訴她只能點便宜的東西吃。每晚上不可以超過兩杯雞尾酒，儘量要把開支降低！」

「什麼時候開始？」我問。

「越快越好。」白莎說：「孫先生方面今天就把消息漏出去。」

「他怎麼能確定替他數汽車、數行人的工作人員，不會把消息漏出去？」

「因為這些人接近不到核心消息，只有四個人會知道地產的用途，及全部的資料。估計出來的租價，更是機密。」

「好，我去問問愛茜，看她在這種情況下肯不肯出沒有加班費的差。」

「她會馬上跳起來——從她本來就開得太大的領子裡跳出來。」白莎說：「老天！我早該想到，把她這種女孩子，放給你辦公室來做秘書，早點晚點她的鉤子會伸出來，這種女孩子是想找張長期飯票來養她的。要是你想要娶她的話，唐諾，你唯一能從這辦公室得到的禮品是——一張早日康復的卡片。

「現在，你快給我滾出去，去工作！」

第二章　長腿金髮女郎

卜愛茜看看餐單，對我說：「我想我應該點三元二毛五的索爾斯堡牛排。」

我說：「為什麼不試試五元五的菲利牛排。」

「白莎要我們縮緊開支。」

「你也不能不填飽肚子呀。」我說。

「白莎也許想法不同。」

「體力還是要保持的。」我說。

「要體力幹什麼？」

「誰知道，」我說：「也許抵抗來侵的病菌。」

「你算不算是病菌，唐諾？」

「不是，」我說：「我陰險一點，是乘虛而入的濾過性病毒，還沒有抗生素來制。」

侍者過來，我對她說：「兩客菲利牛排，七分熟。一杯曼哈頓、一杯不甜的馬丁尼、蝦肉冷盤，沙拉用千島調味料。」

侍者離開。

卜愛茜看看我，搖搖頭。

「不要擔心，」我說：「白莎會高興的，我會記在帳上，兩個漢堡，每個一元二角。其他的報在計程車費裡。」

「白莎要看帳單，而且會問你有公司車為什麼要坐計程車？」

「我會告訴她，有人會抄下公司車牌去調查的，我就告訴她我看見人在附近鬼鬼祟祟。」

「唐諾，你能不能真正的告訴我，我們目前在做什麼工作？」

「不行。這是高度機密。你的任務只是做我的女朋友。」

「我該算認識你多久了？」

「夠久了。」

「夠久如何了？」她問。

「夠久做我女朋友了。」

「精神的，熱情的，還是瞻望未來的？」

「每一次上車之前，你都看好地圖要到什麼地方的嗎？」我問。

「至少我要知道什麼地方一定要停車。」她說。

侍者把雞尾酒拿來。

「酒可以抵抗病菌來侵犯。」我說：「我開車是沒有停車信號的。」

她舉一舉酒杯，拿低一點說道：「前途無量。」

我們花了很久時間在吃飯上。我解釋給愛茜聽，白莎曾堅持，我回公寓的時候，愛茜要跟我回去。

「之後呢？」她問。

「之後，」我說：「我問櫃檯有沒有我的信，然後託辭在電梯旁請你上樓，你說最好送你回家。」

「不幹。」

「不幹？」

「為什麼在大廳表演呢？」

「表示我是個健康正常的單身漢。」

「多情種子？」

「我自己當然不便這樣講。」我告訴她。

「假如到時候我幹了，跟你上電梯，又如何？」

「戲裡沒有這一幕，我也不知道會有什麼變化。」

她低下頭在研究我的意思。

「再說，」我告訴她：「導演說我不要送你回家。這齣戲白莎早已全部設計好。她認為有人會在大廳觀察我。我要好好演，你不肯上樓，我叫輛計程車送你走路。」

「不和我一起走？」

「不。」

「那樣不夠紳士呀。」

「白莎哪裡管我紳士不紳士，只要有效率就可以了。」

「你受她管制？」

「一開始，我總是照她方法玩的。」我說。

卜愛茜一路在研究我講的話，所以我們開車回公寓的時候大家沒有吭氣。

我走進大廳，走向櫃檯，問有沒有我的信件，兩人走到電梯口開始演戲。愛茜似乎要答應跟我上樓了，眼光淘氣地一眨，她也見到了大廳的另一端，一位長腿金髮女郎冷眼靜靜地在觀察這邊的這一幕演出。

「喔，上去吧。」我說：「不要扭扭揑揑。我也不過想請你喝杯酒而已。」

櫃檯職員故意裝著忙東忙西，假裝不注意我們，我看得出他耳朵伸出來有一呎長。

愛茜猶豫著：「我……我想我還是回家好，唐諾……我——」

我向她耳語道：「看見那金髮的了嗎？」

愛茜降低聲音：「早見到了，所以我才想跟你上去。」

我大聲嘆口氣，說道：「既然你一定要回去，我給你叫車。」

「你不送我回去？」

「不行，我叫好車送你回去。我突然想到一件要緊事要做。」

愛茜又好像想改變初衷了。我扶住她手，帶她到門口，把她送進計程車，給計程車差不多的錢，告訴駕駛地址，輕輕吻一下愛茜，說聲晚安，自己走回大廳。

金髮的在裡面等我。

「是賴先生嗎？」

我看看她，一鞠躬。

「她不肯跟你上去喝杯酒？」

我看看她挑逗的眼，又看看她嘴角翹得恰到好處的笑容。

「不肯。」我說。

「我肯，」她告訴我：「我有些事要和你討論，上樓比在這裡合適。你有蘇格蘭威士忌嗎？」

我點點頭。

「蘇打水？」

我又點點頭。

她和我一起走向電梯。

櫃檯職員迅速好奇地向我們一瞥，又假裝瞎忙。

離開電梯，我把鑰匙插進公寓房間門的時候，她說：「這傢伙耳朵大得很。」

「誰？」

「樓下站櫃檯的。」

「他好奇而已。」

「他當然好奇，我向他問起你的時候，他從頭到腳的看我。」

我說：「你不問我，他還是要看的。」

她大笑，自己過去在長沙發坐下。

我走進小廚房，調了一杯威士忌蘇打，自己做了一杯杜松子活血酒，回進客廳。

她兩腿伸得很直，腳尖向前，在足踝部位交叉，露了很多的尼龍絲襪。她說：「你對我一定很好奇吧？」

「可能是你對我好奇。」我說。

「人嘛，就是這樣才會認識的，一回生，二回熟。」

「你有什麼特別理由要和我『熟』嗎？」

「我想給你開個價，做筆生意。」

「什麼生意？」

「你在長春路迪奧街有一塊拐角地空著？」

「有又如何？」

「我倒是有一個好建議……不知你自己有沒有主意？」

「我這個人主意多得很。」

「我是說對這塊地。」

「一定要指這塊地，我也有不少主意。」

「有沒有想到過出租？」

「出租？」我說：「我倒是想造一個什麼賺錢的建築物。」

「那會花很多鈔票的。」

「你是搞房地產的？」

「可以這樣說。我是搶帽子的，我把合適的人湊到一塊兒去。」

「你想把我和什麼人湊在一塊兒去呢？」

「目前是和我自己。」

「配得很好。」我說。

她說：「長期租賃這一塊地，每個月四百六十五元。租約滿期的時候，造在地上的建築物也歸你所有。」

「四百六十五元，」我說：「這倒是真巧，有人出……我是說才有別人給我出過一個價。」

「我知道。」她說：「四百五十元，我們多出十五元一個月，十五元一個月是一百八十元一年，一年多一百八十元可以買不少東西。」

「像什麼？」我問。

「像買花——」她說：「給乘計程車回家的小姐，也可以付計程車費——假如她每次都不肯上樓的話。」

「假如她改變意見呢？」

「一百八十元在手，總比沒有好得多呀。」

「我是該想一想。」我說。

「要想多久？」

「想到我有了決定。」

「我的朋友有很多地在考慮，所以要盡快可以知道。」

「多快？」

「明天。」

「時間不是太緊湊了嗎？」我問。

「時間當然緊湊，」她說：「所以我才會來找你，有人找你想在那地上設個加油站。我的人正好也看中了那拐角地，我的人倒不會十分在乎地的租賃價格，主要是防止對手有的汽油賣出去，不使他們多一個加油站。」

「所以他們讓你那麼晚在這裡等我？」

「他們付我錢，叫我和你聯絡。」她說：「我問櫃檯知道你出去了，我和職員講好，你進來的時候叫他指給我知道。你和一個年輕女人一起進來了，我當然不來打擾，假如她聽你說的話，我只好明早再來了。但是她沒有，所以……我講的是老實話，希望你別見怪。」

她變換了一下姿態，把兩隻腳換一個方向架起來，笑著說：「別把我意思弄錯了，唐諾。我也不是大閨女，也不是隨便的人，我只是一個生意人。」

「我還不知道你姓什麼呢。」我說。

「凌珮珠，」她說：「自己是自己的老闆，不受任何人控制做生意。

「你看，你有一塊拐角地，我們開給你一個價，只給你考慮到明天的中午，也不會再漲價，也不會反過來不認帳，別人也許給你四十八小時考慮，但是我們只給你十二小時，明天中午為止，懂嗎？」

「你怎麼會都知道的呢？」

「因為這是一個高競爭的行業，我們對我們的同行冤家當然要瞭解才行，這件事的經費計算我不瞭解，對什麼公司已經給你出價也不瞭解，不過我知道真正的背景是兩個大石油公司的競爭，我的人代表的公司，不願意來找過你的人家再多一家加油站，再多賣出去一加侖汽油。」

「所以你出價……？」

「四百六十五元。」

「能不能四百七十五元？」

她搖搖頭，看看我的表情，快快加一句道：「我想是不行的，我可以替你問問看，也會再告訴你，但是我相信沒有這個可能，四百六十五元是最高價了。」

「我們需要有律師給我們起草和合法化。」

「那當然。」她說：「但是你可以隨便寫張同意書來敲定，然後我們請律師來辦手續。」

「我看一個人要付這樣高的租金，賣汽油可有得賣了。更何況還有造加油站的錢……」

「這種煩惱你可以留給我們。」

她喝完杯裡的酒，站起來，手放在臀部順一順裙子的皺紋，挑逗性地一笑：「要不要陪你出去吃些宵夜，回來決定這一次的交易。」

我說：「我還在想我給你的建議。」

「什麼建議？」

「四百七十五元。」

「喔！這個！」

「這個。」我說。

「假如你說我們出四百七十五元，你絕對接受這生意，我就同意你努力試一下。」

「我不能這樣答應你，我要等你先提出這個價錢。」

「我們不喜歡給你一個價錢，你又跑到另一面去哄抬物價。這不是為商之道，我現在已經給了你一個價格了。」

「不幹拉倒是嗎？」

「我倒沒有這樣講死。」

「老實說。」我說：「我目前不願接受，我能不能明天早上告訴你——十點鐘如何？」

她笑著搖搖頭說：「暫時說我會和你聯絡，唐諾……你幾點鐘起來？」

「七點半。」

「七點半到八點你會做什麼？」

「刮鬍鬚，吃早餐。」

「打電話？」

「也許。」

「我不喜歡這樣，」她說：「我的人也不會喜歡這樣，所以，我說我最高出價是四百六十五元。」

「十點鐘你會打電話給我？」

「這樣好了，我告訴你。我會在明天中午到明天晚上之間打電話給你，到那時，你把情況告訴我好了，我要說再見了。」

她安閒輕鬆地走向門口，我替她把門打開，讓她走進走道。

「再見了。」她說。

「再見。」我說。

第三章　太過容易的案子

早上，我走進辦公室，卜愛茜向我看著。

「金頭髮等到你了嗎？」她問。

「等到了。」

「我不幹的，她幹了？」

「這倒沒有。」

「是你不准我上去的。」

「你說最好還是回家。」

「你把話塞進我嘴裡，再叫我吐出來的。」

「我那個時候只想到那金頭髮。」我說。

「那才是真心話。」她反擊道。

我改變話題說：「今天有什麼大案子嗎？」

「我正在看那件凌虐強暴案中，女主角指認錯誤的事。」愛茜說：「可怕極了。」

「這件案子很可怕嗎？」

「不是。」她說：「我說這指證太可怕了，受害者絕對有把握地指證了那男人，要不是警方為別的案子捉住真兇，這傢伙又承認了的話，這個人真的會有冤無處申了。報上有兩個男人的側面相片，我看連一點點相似點也沒有。」

「我就知道，」我告訴她：「有一天有人會覺悟到，環境證據說不定比目擊證人可靠得多，尤其目前他們用來做指認的方法。」

「目前他們用的方法有什麼不對嗎？」

「受害的女生躺在醫院的病床上，警察先帶一張照片進來給她看，然後問她照片上的人是不是這個壞蛋，她說有可能，警察告訴她這傢伙本來有個不在場證明，但是一查恰變成靠不住，他們確信是這傢伙沒錯。她也這麼想，幾小時後，他們把這個人帶進了病房，床上的女人大叫，遮住自己眼睛，哭著說就是這個人。」

「不這樣指認，還有別的方法嗎？」愛茜問。

「應該找幾個身材差不多的排列成行，由證人來指認。」我說：「不是列隊裡挑出來的指認是一毛不值的，即使如此，他們還是會作弊的，有的時候他們是故意的。」

「誰作弊？」

「警察。」

「為什麼？」

「因為，」我說：「警察不但負有去捉罪犯的責任，同時他也要預防罪案的發生。他們相信了一個人是有罪的，他們自己把腦子關閉了，只找對他不利的證據，不找對他有利的證據了。他們鼓勵受害者和他們有相同的看法，暗示著幫助受害者找出那一個特定的人出來……還有什麼特別的案件嗎？」

「都是一大堆常見小案。」她說：「你不會叫我去收集──」

「凡是每家報紙都在報導的刑事案，都要留下。」我說：「單獨一件的案子，沒什麼意思。我真正有興趣的是尚未偵破的懸案。」

「一旦後來偵破了呢？」

「在剪貼簿外面加個標示條，『被捕』、『審理中』、『已定案』，等等。」

「過不多久辦公室怕裝不下這些剪貼簿了。」

「我們真的有一天會用得到它的。」我告訴她：「警察一旦認定了的事，他們眼睛是瞪直的。」

「你是指他們可能會這樣看我們的客戶？」

「有可能。」

「你怎麼能改變他們想法呢？」

「沒有辦法，」我說：「問題就在這裡，沒有辦法。唯一可以辦到的，是把你自己的車子，開上他的單向行車軌道上，準備撞車。」

她說：「唐諾，我覺得你一直有最令人無法同意的想法……最卑鄙的手段——」

「停——」我說：「你越來越像白莎的口氣了。」

「他奶奶的。」她故意學白莎的音調說了一句白莎的口頭禪。

我向她笑笑，走進自己的辦公室。

十分鐘之後，我帶了報告走進柯白莎的辦公室。

「出價是四百六十五元。」我說。

白莎的小眼發出亮光，「那就結了。」她說：「一下就把走漏消息的捉住了。」

「是誰？」

白莎拿起一張紙，上面有姓名和數字。「是石依玲。」她說：「石依玲參加這個公司不久，是孫夢四和他資淺合夥人林敦肯的通用秘書兼接待員。」

「現在，我們怎麼辦？」我問。

「由我打電話給孫夢四先生，告訴他這些消息是由什麼人走漏的。」

「收他多少天出差費呢？」我問。

「兩天。」

我說：「白莎，你會不會覺得太容易了一點？」

「什麼太容易？」

「破一個案子那麼容易，簡簡單單的。」我說。

「所有案子破起來都是簡單的，假如你會用腦子。」

「還有什麼人知道這筆交易？」

「沒有人了，受嫌疑的人只有四個，我叫孫夢四給每一個人一個不同的數字。他弄了四份汽車經過的假文件，每件有個估價，付稅，營業估計等等。」

「我不喜歡。」我說。

「為什麼不喜歡？」

「太容易了。」

「誰管你喜歡不喜歡了？」

「你準備一切歸罪於石依玲了？」

「我只向我們僱主報告。」

我說：「你等於是把她飯碗永遠的打破，她會因為洩漏機密資料解僱，她再也拿不到推薦信，永遠也找不到好的職業了，任何僱主知道這件事，不敢再——」

「少給我這麼多同情心，」白莎說：「她活該。」

「好吧，」我告訴她：「公寓怎麼辦？」

「留它一個月。」白莎說：「必要時你可以用那地方做你的小公館，但是不要使它影響你的工作，這也是我們和孫先生的約定，孫夢四事實上不止擁有這套公寓，整幢房子都是他的，但經過一個傀儡公司控制這財產，你的房間在記錄上房租已經付了三十天了。」

「還要不要扮成花花公子的樣子呢？」

白莎的臉泛成豬肝色，她說：「假如你是想問你還能不能每晚帶了你那個牛眼女秘書，用公款去吃飯，回答簡單得很，現在開始已經沒有開支費了。」

「唉，有開支費的時候真是過癮。」我說：「有的公司會使它拖一拖的。」

「拖多久？」白莎問。

「拖到他們確知發生了什麼事為止。」我說。

「不行，」白莎說：「你現在去把昨天的開支給我列出來，我馬上拿給孫先生看。我自己也有興趣看你到底一晚上花了多少錢？」

「有關於開香檳的事，我警告過愛茜的。」我煞有介事的說。

「有關……有關……什麼？香檳！」白莎氣得說不出話。

我走出去，把門關上。

第四章　辦公室裡的漏洞

卜愛茜一隻手拿了把剪刀，一隻手拿了張剪得不規則形態的報紙，抬頭看著走回來的我，她問道：「白莎怎麼說？我們還在辦那件案子嗎？」

「你自己吃你今晚的晚餐。」我告訴她：「白莎在生氣。」

她做了個鬼臉：「你該給她註解一番的。」

「白莎豈是這種人。」我說：「那個偷看女人洗澡的怎樣了？」

「沒消息，你如果有點良心，哪能每天出來偷窺。」

「我就會。」

「我應該想得到——看你從後面朝我領子裡看的饞相。」

「領子是領子，」我說：「淋浴出來的女人是一絲不掛的……你給我看看這個人的樣子，假如有點像我的話，也許今晚我就找點事給警察做做。」

「喔，你！」她說：「你又有什麼鬼名堂？」

她把剪貼本拿出來，翻到其中一頁，「這是第一位受害人郝海倫對那個偷窺者的形容。」她說。

「她是鳳凰城的一位美容院工作人員，是嗎？」

「是的。」

「說說她形容的人是怎麼樣的。」

愛茜自剪報上唸道：「是一位年老男人，大概四十八歲，體型突出，掃帚眉，完全不像你，唐諾。」

我笑笑說：「也許那晚上她淋了兩次浴，昨晚回家有人跟蹤你嗎？」

「鬼也沒有，我不斷從計程車後窗向回望。唐諾，我可能永遠沒有辦法做一個好偵探，每次我要跟你辦案子，我總疑神疑鬼，覺得背後冷冷的。」

「不辦案沒有這種感覺？」我問。

「少鬥嘴了。」她笑著說：「進去把我給你堆在桌上的信件回一下。」

「回信是最無聊的事，因為別人給你信，所以你要回信，這樣惡性循環，有一天白莎看到我們郵票開支那麼龐大準會跳腳。」

我走進辦公室，拿起愛茜準備好要我看的信，除了一些必須處理的小事外，沒什麼特別的，我叫愛茜把速記本準備好，開始工作。

第二封回信工作到一半，辦公室門打開，柯白莎進來，不太高興地看看愛茜交叉著的雙腿。

我疑問地把眉毛抬起來。

「孫夢四，」她說：「他在我辦公室裡，要和你談談，我告訴他工作結束了，但他仍要見你。」

我看看愛茜，說道：「愛茜，說不定今天晚上我們又可以用公費逍遙一下了。我們可以去用餐，但是這一次我們千萬別用進口香檳，好好選一瓶我國自己──」

「進口香檳！」白莎大叫道：「昨晚上你們到底還做了什麼？」

「佈好一個陷阱。」

「老天，」白莎說：「早知如此，我請一個女臨時工還可以省點鈔票，就因為你和你的女祕書絞麻花一樣──」

愛茜急急打斷她說話道：「柯太太，他是在開玩笑的，我根本沒見到什麼香檳。」

白莎怒向我道：「你渾蛋自以為幽默，總有一天有人把你臉都打爛。」

「又不是沒有過。」我說。

「有是有，但一點教訓價值也沒見到，跟我來見見這個人吧！你給我記住了，這種生意是我多年夢想不到的，你那些喜歡刑事案件的做法，只會叫我胃潰瘍加深。」

「什麼刑事案件？」我問。

「還問！」白莎生氣道：「想想最近幾件案子，本來都是沒有危險的小案子。你進去七混八混就變出一個屍體來，算你這個小雜種腦筋好，沒有給捉進去坐牢，但是都是夠險的了。有一天你一滑腳，你會發現什麼也沒有，只是一個號碼。到時你有的是時間，不過沒有絲襪看了。」

白莎含義深長的看看愛茜，愛茜把交叉的腿放下，把膝蓋合在一起。

白莎轉身，大步離開我辦公室。

「我想白莎對我有成見。」愛茜說。

「這是個合夥事業。」我說：「你絕對有保障。」

「總有一天。」愛茜說，兩眼看著白莎才離開的門。

「無論如何，」我說：「老天是公平的，白莎對你有成見，但是我越看越順眼——」

愛茜做了一個要把速記本摔在我身上的動作，我乘機跟了白莎出去，經過接待室，到白莎的私人辦公室。

孫夢四大概四十多一點，稍有些傴僂，長鼻、戽下巴，非常銳利的眼神。他有個小習慣，喜歡把頭稍稍低下，眼光自濃眉下集中地看出來。這時候，不論外界是什麼光線，他的瞳孔好像總是針孔狀的。我想像得到，在他這樣凝視之下，很多他的下屬都會畏縮的。

白莎說：「孫先生，這位是我的合夥人賴唐諾。」

孫先生給我一隻多骨的手，有如從冰箱裡拿出來的一樣，不過他握起手來倒是很有力的，兩眼向我直視。

「賴先生。」他說：「幸會。」

「孫先生，久仰了。」我說，大家坐下。

白莎開口：「我已經把發生的一切告訴孫先生了，但是他還是不太滿意。」

「我只是不相信石依玲會欺騙我。」他說。

「對不起，不知能不能問，為什麼不相信她會欺騙你？」我問。

「因為她看來是一個非常好的女孩子。安靜，有效率，同時又充滿活力，她……總之她是個淑女，但……她是有人性的人。」

「多大年紀？」我問。

「我來之前沒有看她人事資料。」

「你常見到她，估計有多少歲呢？」

「喔……大概，我看二十六，二十七。」

「白莎向你解釋過，為什麼她認為消息是石依玲洩出去的。」

「是的，她對我解釋過。這本來是計劃的一部份，事實上只有四個人有洩密的可能，而依玲是其中之一，我給每一個人一個不同的數目字，表示我願意付的租金限度。」

「這件案子你如何歸檔的？」我問：「管檔案的會不會發現有幾份不同的數目字？」

「不會的。」孫夢四說：「我的合夥人，公司的副董，林敦肯把資料鎖在他桌子裡，任何人要找調查資料的話，會在檔案裡見到資料由副董借出的紙條。」

「那麼林副董也是知情的。」

「他當然要知情。」孫說：「沒有和他商量，我不會作這種處置的。事實上，發現我們有內奸後，一切的處置我們兩個都是共同研究的。」

「為什麼杜漢伯不自己去搞自己的地區，一定要搶你的地盤呢？」我問。

「說來話長。」他說：「杜漢伯是他公司的頭，但沒有控股權。公司本來是合夥的，兩位合夥人都死了，在兩個人死亡前，公司已經合組完成了。杜漢伯現在佔三分之一股和公司的經營權，但是隨時可以被人一腳踢走。他想把公司開支縮到最小，但是成效要好，他們股東大會馬上要召開，杜漢伯希望能再管理公司五年。」

「你對他似乎知道很多。」我說。

孫夢四把他兩隻眼睛藏在濃眉下面說道：「我是特別花工夫刻意對他瞭解的。」

「好吧，」我說：「你還要我們做什麼？」

「第一，我要你們百分之百確定。」他說。

「確定什麼？」

「確定你們收了錢給我的結論，確定消息是如何漏出去的，杜漢伯如何得到的。」孫夢四說：「我現在承認，一切表面證據指向石依玲，你可以現在忘記其他的人，但是集中精神在她身上，找出她背景、出身，必要時派人跟蹤她，看她有沒有和杜漢伯或杜漢伯的代表見面——但我不要她知道她被跟蹤了或是被懷疑了。

「賴先生，我說的你清楚了沒有？」

我點點頭。

「現在，我再問另外一個問題。」他說：「代替杜漢伯來向你開價的女人，到底是什麼人？」

「她的名字是凌珮珠。」我說：「她自己並沒有說代表杜漢伯。」

「當然，她不會。這名字我沒聽見過，怎樣一個人？」

「凌珮珠，」我說：「藍色發亮的眼珠，金髮，應該是二十八歲左右。長腿，走路很好看。她——」

「我的興趣不是美不美，我是想看她會不會是我認識的人。」

「比一般女人平均高一點點，」我說：「也不高得出奇，身材好，厚嘴唇。」

孫夢四苦思著，不出聲七八秒鐘，慢慢地搖搖頭。

「我把杜漢伯身邊我想得到的女人都和你形容的做了一個比較，沒有一個有一點點相像的。」

我說：「你記住了，這裡只有你一個人在說，開價是姓杜的開過來的，凌珮珠只說她是代表她的客戶。」

「除了杜漢伯不可能是別人。」孫夢四說。

「即使如此，也只是你的結論，不是我們的結論，一切決定也由你自己負責。在我們對凌珮珠完全瞭解前，我們是不負責的。」

「好，你們就給我也調查她，」孫夢四說：「看她是和誰聯絡。」

「這些都要花你鈔票的。」我說。

「當然，」他暴躁地說：「柯太太早就對我說過，你不知道這件事對我多重要，我的辦公室裡要是有漏洞，我一定要把它查出來。」

「假如不是石依玲？」我問：「假如有人故意做成如此來害她的？可能嗎？」

「我看不出怎麼可能的，根本沒有別的解釋……但——」

「假如你已經確定是石依玲，我們就不必向這方向調查了。」我說。

他向我做個尷尬的笑臉：「我懂你意思，賴先生……不過你們還是繼續，不要留一塊石頭沒有被翻過來看一下，免得自己疑神疑鬼，我要答案，我要事實。」

他和我握手，他握住白莎的手鞠躬，他說：「柯太太，你是一個女強人。」

於是他離開我們。

白莎對著他剛離去的房門愉快地笑著，她轉向我問：「為什麼你把林敦肯拖進去？」

「我沒有呀。」

「還說沒有，你不斷暗示有人可能故意陷害這石依玲，又強調林敦肯有這些資料。」

「就算如此，」我說：「他為什麼不可以拖進來？」

「倒也沒有不可以。」她說：「只不過我們已經知道我們要的是石依玲，她是個騙人精，詭計多端地埋伏在孫家公司裡做間諜。」

「你好像已經確定是她了。」我說：「單純是因為你想出的這個詭計，又正好凌珮珠開了一個最接近她知道的價格。」

「這還不夠？」白莎說：「任誰都會同意這已經足夠證明了，你是妒忌我想得出這個計劃才吹毛求疵的，要是這是你想出來的鬼計，你會說這是鐵定的。」

「我不會想出這種計劃的。」我說。

「我知道你也想不出這種計劃來。」白莎說：「你會堅持逐一單獨拜訪的，你會面對石依玲坐著，假如她聰明的話，她只要像愛茜那樣，把兩隻腿一交叉，說幾句阿諛的話，你就連去見她的目的也忘了，她說什麼你都信了。」

「有得看的時候不看，連老天都會不高興的。」我說。

「你給我快點滾出去，找找看石依玲搞什麼鬼。」白莎說：「照我們僱主的命令，把屬於她的石頭都翻過來。」

「你是不是叫我仍舊扮一個花花公子，住在公寓裡？」

了的。」

「沒有特別授權你可以因為這件事花公款，至於租金，當然是一個月全付過了的。」

「但是孫夢四有指示要我對凌珮珠下點工夫。」

「工夫不要下過頭了。」白莎冷冷地說。

我回自己辦公室，向愛茜笑笑。「我看今晚上你只好自己弄飯吃了。」我說：「我們客戶對昨天晚上在大廳裡的金頭髮有興趣，要我刨刨她的底。」

「我看你用個金鋼鑽鉋子，效果會好一點。」愛茜酸溜溜地說。

第五章　跟蹤

跑腿工作是私家偵探日常作業中最無聊、最費時的一面。

我整天都花在跑腿上。

我拜訪孫先生，請他帶我去他公司人事部門，找出石依玲當初申請工作時的人事資料。

她以前做過四家別的公司，我一一抄下來，開始展開調查。這些公司都對她品行有極好的推介，但是這裡面有一段空白。三年之前，有十八個月，顯然她沒有工作，也沒有資料查得出她去了哪裡。

我抄到她社會福利號碼，開始查她那一段時間的情況，有的資料當然私家偵探是不易獲得的，但是找對方向的話，還是弄得到的。

下午三點三十分，我已經得到我要的資料，十八個月的空檔，她是在替杜漢伯工作。

留下了一個大問題，在她申請替杜氏工作後次一個工作的時候，她為什麼沒有填上替杜氏工作的經歷呢？為什麼此後就好像忘了替杜氏工作過一樣，是不是因為不忠，被開除的呢？

顯然並沒有任何公司人事部門對這一段真空時間發生過疑問或調查過。

下午四時，我回到辦公室。

卜愛茜說：「有封電報是給你的。」

我打開：

「石每月月底收取神秘來源支票一百五十元，向孫報告前，該查清事實！別做傻瓜，朋友的朋友上。」

我讀了又讀好幾次。把電報放入口袋內。

「今晚有約會？」愛茜問。

「沒有約會，但是你還是自己吃飯。」

我離開辦公室，來到電信總局，查知電報是從好萊塢支局發出的。

我把電報歸檔於待辦案件，一個人出去吃飯，回到我新公寓，一個人看電視。

九點三十分，電話鈴響起。「有一位凌小姐問你能不能業務拜訪幾分鐘？」職員說。

「問她肯不肯上來。」我說。

過一會，職員說：「她已經上來了，賴先生。」

我走出房門，到電梯旁接她。

「昨天和你一起出去的美女，今天怎麼了？」她問。

「我不知道呀。」

「我不是這個意思。」

「你是什麼意思呢？」

「我是想你們一定還會在一起，根本沒想到會在這裡找到你。」

「那你為什麼會來呢？應該打個電話試試，萬一撲空呢？」我問。

「喔！對我言來，走過來也一樣方便。」

「你是說你就住在附近？」

「我是說運動運動，我在減肥，要注意我的身材。」

「現在也變成我的習慣了。」

「什麼？運動？」

「不是，是指注意你的身材。」

她大笑，「好了，唐諾。」她說：「玩笑開過了，現在可以邀我進去，給我弄杯蘇格蘭威士忌加冰塊，不要太濃。」

「為什麼不要太濃？」

「不該講的話可以保持不講出來。」

「不該做的事可以保持不做嗎？」我問。

「我們人都有困難的，你呢？」她笑出聲來。

「我是靠不住的。」

「我看所有人剝掉皮，裡面都一樣的，那塊地怎麼樣，唐諾？」

「什麼怎麼樣？」

「你還沒有和另外一批人敲定吧？」

「沒有。」

「肯租給我嗎？」

「也還不見得。」

「好吧，」她說：「我看我還要下點工夫。」

「像什麼工夫？」

「藉一點酒力，鼓勵你帶我出去跳舞。」

「你喜歡跳舞？」

「喜歡和有希望的生意人跳舞。」

「為什麼不簡單一點，把價格提高？」

「你為什麼不降低一點要求呢？那塊地空著也是空著。」

我看看她說：「你看我空著，並不表示我沒有計劃。」

她笑言道：「去替我弄蘇格蘭酒來——我看你是下手很快的人，跳舞如何？」

「我希望能集中精力。」

「跳舞可以幫助你集中精力。」她說。

「相同的，也可以使我腦子對價值感減低。」

「否則我為什麼會遊說你和我跳舞呢？」

她從長沙發站起，走向一具書架，東摸西摸，發現一批書是假的，書後藏有立體身歷音響一組。

「我就說嘛。」她說：「這座書架對你這種品調的公寓言來有點格格不入。」

她選了卷錄音帶，放進去，按鈕，把小的橢圓地毯向牆角一踢，跟著音樂轉一個圓圈，把雙臂向我伸出來。

我和她一起跳舞，她像一根蜘蛛絲——夏日炎陽下在屋簷的一角隨風飄蕩。

一曲華爾滋過後，她說：「你舞跳得非常好，唐諾。我們換個快點的，我最喜歡跳快華爾滋了。」

「你也喜歡蘇格蘭加冰塊。」我說：「我去給你拿。」

「這個我倒並不太急，這帶上還有個快點的。」

她撥弄了一下，找到了她要的另一支較快的。

我們跳舞，又跳完了一曲。

她吻我，很長的一個吻。

「現在，」她把我放開，關上音響，說道：「我可以要我的蘇格蘭加冰塊了。」

我對了兩杯酒，我們坐下喝酒，她把二腿伸直交叉，腳尖一直還在跳剛才那支華爾滋。

「你喜歡我嗎，唐諾？」

「嗯哼。」

「你為什麼不肯讓個步，把那塊地租給我這一邊的人……我不是在求你嗎？」

「我覺得我堅持一下，可以有更多的收穫。」

她眼光變得無情，「這種想法錯了，我可以給你的都給你了。」

「我不是指你給我的。」我說：「我是指你一方的人能給我的地租。」

「噢，那有商量餘地。」

「多少餘地？」

「你要多少？」

我說：「對方的人也是志在必得，我要租給出錢最高的一方。」

她蹙眉道：「對方還沒有——」她突然停住話頭，好像要把她說過的話吞回去似的。

「你怎麼知道他們還沒有？」

「他們有嗎？」

「我曾做出要上鉤的樣子。」我說。

「但是我已經準備給你咬一口了。」

「事實上，」我說：「海裡有的是別的魚，都會和你想捉的一樣大，一樣新鮮。」

「我知道。」她說：「但是一鳥在手，總是比二鳥在林好。」

「我是在手的一鳥？是嗎？」我問。

她抬頭向我，「你說呢？」她問。

我說：「我想我受你的影響已經太大了，我怕我會滑倒，摔在地上受你擺佈。」

「這樣還差不多。」她說：「我最怕有一天，即使我再努力，男人也不受我擺佈了。」

「我至少用力掙扎了。」我告訴她。

「而且很用力——你說同意了？」

我說：「不是你來，這件事根本不可能談得攏。但是我有個感覺，我一說同意，我們就會拜拜，再也見不到你。」

「老天，你不見得想用這塊地娶個老婆回來吧？」

「我要繼續維持目前的態度，至少你會多來看我幾次。」

「有一天我的朋友告訴我另外有塊地，不見得比你的地差，我也會拜拜的，不再見到你的。」

「永遠，不再見面？」

「永遠，不再見面。」

「我要打個電話。」我告訴她。

「沒人阻止你。」她說。

「你在阻止我。」我說。

「為什麼？」

「我不要你聽到。」

「好。」她說：「我去補點妝。」

「我到大廳去用公用電話。」我說：「你不必客氣，可以留在這裡，要酒可以自己倒。」

「我會翻你東西，唐諾。」

「歡迎。」我說。

我走出公寓房門，乘電梯下樓，大廈門口有輛計程車在，我遞二十元錢給駕駛。

「要幹什麼？」他問。

「把計程表倒在等候上，」我說：「再開前面一點，就停在門的最前面，你自己到櫃檯前去等著，五分或十分鐘之後，我會給你一個信號，一個金髮長腿的妞會下來，我想知道她去什麼地方。」

「不是什麼犯法的吧？」駕駛問。

「根本完全不是。」

「假如她發現我在盯梢，又如何？」

「你轉身回來，否則再盯也沒有用，她會開一夜車，把你汽油耗完為止。」

「小心點，可能她不會知道。」

「當然。」我告訴他：「我自己也是專家。」

「幹了，只要你瞭解有的時候不是一定可辦到的，我怎麼向你回報？」

「我瞭解。」我說：「我住這公寓，找賴唐諾就可以了——注意不要讓職員知道我們間的事，女的一進電梯，我會打電話給樓下職員，說在等的計程車可以不必等了，這樣你就知道了。」

「萬一她要我送她走？」

「我認為她自己有車，萬一她要坐你車，比跟蹤方便多了。」

「照樣向她要車資嗎？」

「當然，否則西洋鏡戳穿了。」

他把二十元收下，我回我的公寓，經過櫃檯時，職員刻意地偷看我一眼。

進了公寓房間，凌珮珠向我說：「我幹過了，唐諾。」

「什麼？」

「翻過你的私人東西了。你才住這裡不久，是嗎？」

「是的。」

「看來你一只皮箱就可到處流浪了。」

「不是頂逍遙的嗎？」

「單身漢住宅不會如此的，你還有一個窩在哪裡？」

「誰說我還有一個窩？」

她大笑，「我敢說你另外有二、三個像這樣的窩，各有一個藏嬌。」

「像你所說那麼大開銷，我只好把那塊地租給出價最高的人了。」

「你有些地方真怪，」她說：「我真弄不懂你了。」

「我也一樣對你有好奇呀。」

她走過來，兩隻手放在我兩肩上，把頭仰後，直視我雙眼：「唐諾，租不租？」

「可能。」

突然她態度改變，把雙手放下，站後一步說道：「什麼時候會有一定回音，唐諾？」

「什麼時候你肯提高到你最高出價？」

「我已經出最高價了。」

「包括獎品？」

「獎品和交易無關，萬一有獎品也是基於友誼。」

「我們的友誼如何可以建立呢？」

「你和其他女友如何建立友誼的？告訴我別的住處在哪裡。」

「我並沒有金屋藏嬌，假如你是在打聽這一方面消息的話。」

「昨天和你在一起的漂亮妞，如何？」

「我又沒有為她造金屋。」

「沒有？」

「沒有。」

她說：「唐諾，我告訴你一點事實，她在愛你。」

我大笑道：「你要再瞭解她一點，你就知道你的結論有多荒謬。」

「我認為我瞭解她了。」她說，突然轉身，又說道：「我要走了，我明天會給你電話的。」

「打到哪裡？」

「這公寓。」她說：「怎麼啦？還有別的地方？」

「我比較是……進進出出的。」我說。

「假如你外出，留個消息給我，租或是不租。」

「你會提高些租金嗎？」

「不會。」

「我有心要接受的。」

「等於沒說。」她說：「有心要做件事是衝動的想法，衝動是暫時的，我明天給你電話。」

「有地方我可以和你聯絡嗎？」

「目前沒有。」

「合約完成之後呢？」

「也許。」她狡猾地說：「我也有心接受。」

我送她到門口，打電話給樓下職員，希望來得及在她離開電梯前，消息到得了拿我二十元的計程車司機。

電話響了一、二次，我如坐針氈，腦子裡在計算電梯下去的時間，最後職員的聲音說：「哈囉。」

我說：「有個計程司機在櫃檯前等我，告訴他回去吧，電梯在樓下嗎？」

「有客人在用，喔，快下來了。」

「沒關係。」我說：「請偷偷告訴駕駛，不要提姓名。」

「是的。」他說，把電話掛上。

我坐下來，等了二十分鐘，電話鈴響。

我急忙拿起來。「哈囉。」

「我是你的計程車，那小姐聰明得很。」

「怎麼啦？」

「我離開大廳，她正好跟了出來，她問我能不能載客，我說現在可以了，我告訴她我等一個生意，結果泡湯了，多半地址弄錯了，她高興地進車說去公路總站，你知道總站是怎樣的，我們計程車有一定的下客位置，警察管制很嚴，下完客立即要離開，繞過一個大圈才能到上客的地區或停車位置。

「我帶她到車站，收了她車費，讓她下車。我冒個險，把車子靠邊，跟了她進去。」

「她做什麼？」我問。

「直接走到計程車上車處，跳上一輛車就走了。我都來不及看那計程車車牌，而且我的車還停在不准停車的地方——」

「二十元有剩嗎？」我問。

「剩很多。」

「都給你做小費。」我說：「但是請你告訴我一件事，我打電話到樓下職員，他告訴你我的意思。你想想看：那時候她在大廳嗎？」

「不在。」

「你開始離開時，她在大廳嗎？」

「沒有，我站在門口時，電梯才下來。開門要一、二秒鐘，她正好見我出門。」

「她停下來和職員講話了嗎？」

「沒有，她一陣風似的走出大門，向街道左右一看，見到我的車子，問我有沒有空。」

「我真不懂。」我說。

「我也不懂，」他告訴我：「但是事實如此呀。」

「好吧。」我說。

「有一點點機會，我可能替你找得到那輛帶她走的計程車。」他說：「那女人漂亮，一個人從長途的公路局出來，沒帶行李，沒人接，滿搶眼的，大家會記得她。」

「那不過是浪費時間。」我說：「多半她叫車到城裡大旅社，前門進，後門出，又坐另一輛車。」

「這小姐一定知道有人會盯她梢。」他說。

「大概吧，二十元不要賭掉了，好好睡一晚。」我告訴他。

第六章　餐店裡的女子

已經查明電報是從西區一個支局發出來的，我第二天早上開了公司車，十一點鐘到了那裡。

一個男士在支局後面使用電傳機，一位年輕小姐笑著向我，「能幫你忙嗎？」她問。

我把電報給她看。

歡迎的臉色自她臉上褪下，換上了賭徒打撲克出價時的臉色。

「怎樣？」她問。

「我收到這封電報。」

「你是賴唐諾？」

「是的。」

「柯賴二氏的？」

「是的。」

「有證件嗎？」

我把駕照給她看。

「要知道什麼？」

「什麼人發的？」

她說：「用這種匿名發報的，我們會叫他留下地址，只是供萬一有回電時用的。」

「我有沒有資格可以看姓名地址？」我問。

「看了也沒有用。」她說。

「為什麼？」

她說：「發了電之後，我看過登記簿，根本沒這個地址，姓名也在電話簿裡找不到。」

「你倒是十分小心謹慎的。」我說。

「我們有我們的規定，賴先生。」

「是的，」我告訴她：「我有我的困難，也許你的規定可以幫我解決困難。」

她想一想，又仔細看我一眼。

「你做什麼都依照規定的嗎?」我問。

她向肩後在工作的男人望一下,抬頭看我,「不見得。」她說。

「這樣好一點,」我告訴她。

「好多少?」

「好多了。」

「能幫你什麼忙?」她低聲地說。

「你可以先告訴我,為什麼你會對這封電報發生疑問?你為什麼要看發報人登記的姓名地址?」

「只是好奇,」她說:「並不是疑問。」

「為什麼?」

她考慮了一下,又向肩後看看。

她說:「我以前見過這位發報的年輕女人,她不記得我,但是我們曾經多次同在一個地方吃飯。」

「哪裡?」

「四條街外,一個自助餐店。」

「知道她姓名嗎?」

「不知道。」

「能形容一下嗎？」

她又向背後看一下，說道：「我不認為可以對你說這些事，賴先生。有人會……奇怪我為什麼站在這裡和你說那麼多話。」

「只有『一個人』會奇怪呀。」

「那還不夠？他是經理。」

「你什麼時候用午飯？」

「十二點半。」

「十二點半我在門口等你。」我說：「我們去自助餐店，也許你能把她指給我看，至少你可以形容給我聽。」

我轉身走向門去，轉身前沒忘記向她笑笑。

「你都不等一下聽我同意還是不同意嗎？」她問。

「假如你同意，我不必等。」我說：「假如不同意，我不願聽。」

我走出去的時候，清楚地看到她向我在微笑。「走遠一點等我。」她說。

我還有點時間可消磨，我不願回偵探社，所以我走下去先去看那自助餐店。

我仔細地看那個店，找了個電話亭，讓電話代替一些跑腿的工作，我回進公司車，找了一個近電信支局的地方，停好車，等著。

她十二點三十分準時出來。

我快步出來，替她把車門打開。

她進了車，用手指護著裙子，等我替她把車門關上。

我把車門替她推上，繞過車頭，坐進駕駛座。我說：「你知道我叫賴唐諾，我不知道你的芳名。」

「梅。」

「只有『梅』，一個字？」

「單名，朋友叫我梅子。」

「尊姓呀。」

「叫我梅或是梅子，隨你。」

「早上和你談話為什麼那麼怕事？」我問：「經理會找你麻煩？」

她大笑說道：「他是標準狗咬耗子型。」

「怎麼樣？」

「結婚，有家，三個孩子的爸爸，還拚命動我腦筋。」

「性騷擾？」

「沒有。」她說：「沒什麼我應付不了的，他也沒那種膽。」

「怎麼說？」

「他只敢偷偷看看我，潛意識又不敢承認在偷看。但每次我和稍好看一點的男生多說幾句話，他就看我，表示不耐煩，事後還怒我——老天，你該看看，只因為我和你說話，你走了之後他嚴詢我的樣子。」

「你怎樣告訴他？」我問。

「告訴他我一向應付他的故事。」她說：「我準備好很多可以使他滿意的故事，我總要想辦法適應這越來越困難的環境呀。」

「你告訴他什麼？」

「我告訴他，你有一封應該收到的電報，但是沒有收到。你在問我們收報的時候，對發報人姓名地址是如何處理的。」

我向她疑問地看看。

「不必懷疑，我是個天才說謊專家，有的時候說點無害的小謊對雙方是有利無害的。像上午的情況，我何必花時間去做不必要的解釋呢……前面，自助餐店有停車場的。你直接開進去，用完餐他們會給你停車票蓋章——這裡，右轉。」

我轉入停車場，我說：「梅子，有一個可能那個年輕小姐見到我的時候，是會認識我的，我希望我們坐在一個隱蔽一點的地方。萬一她來的話，我要在她看到我之前，先看到她。

「我剛才已經看過那餐店，有很多桌子是在騎樓上的，上面看得到下面，下面不太會注意上面的。」

她說：「我知道，一對對情侶想私下談談的時候，都選在那個地方坐，那上面的桌子都是只能坐兩個人的，桌子和桌子間距離也大，可以自由講話。」

「我們坐上面好嗎？」我問。

「沒什麼不可以。」她說：「你要有顧忌怕一下撞上，我們還可以直接上樓，樓上也有食品擺開在那裡自己拿，只是花樣沒有樓下多，但樓下主要的東西樓上都有。」

我們進店，直接上樓，取了餐盤，去拿食物的時候，她對我說：「唐諾，問你件事，你要老實說。」

「沒問題。」

「這頓飯是不是你付錢？」

「是我邀請你的，當然我請客。」

「我的意思，是不是公款開支？」

「我是要報公帳的。」

「你不是自掏腰包吧?」

我搖搖頭。

「那麼,你別笑我,」她說:「我會拿兩人份的烤牛肉,早上我只喝咖啡,每到中午我就餓了,荷包控制我食慾,今天假如真是公款開支。我要大吃一頓。」

「別耽心,儘管大吃,我會陪你的。」

她真的拿了兩份現切的烤牛肉。

我們坐在一個騎樓座上,燈光不太亮,座位不突出,但是看得到樓下收錢的櫃檯,每一個拿了食物的人都要到櫃檯先付錢。

梅子吃起飯來,看得出她是個健康正常人,吃得津津有味。

「照你剛才所說,你賺的錢不夠你吃飯?」

她笑著說:「你挖到我私生活秘密來了,唐諾。他們付我是夠的,但是我的私人開支大,每分錢都要計算計算。」

「那個工作你滿意嗎?」

「我喜歡那份工作,我喜歡觀察每一個走進來的人,先猜一猜他會發一份什麼樣的電報，然後和他們遞給我的電文對照，看猜得對不對。」

「準確性如何？」

「相當正確。」她說：「我對人性的判斷是相當準的，你看，下面收銀檯前那個拿好食品準備付錢的女人，她可能是個暫時有重要心事掛在心上的已婚太太，在她後面第三位的男人偷偷的在注意她，我認為她是偷偷來這裡見他的。你看著好了，等一下他們會假裝偶然的坐到同一張桌子去，而且是張兩個人的桌子。」

「假如像你所說，他們為什麼不上樓上來呢？」

「樓上……樓上都是認識的人來的……你看，她端了盤子走了，她會選個兩人桌，另外一個椅子也是空的。」

「現在為止，正確，」我說：「但是，任何一個單獨來這裡的女人都會——」

「你看那男人，他現在在付錢。」她說。

男的把錢付給櫃檯，把發票放在托盤上，端起托盤，無目的地在食堂裡走著，要找個合宜的位置。

他走過我們說的女人前面，顯然沒注意到她對面的空位。然後，看到了，轉身，有禮地鞠躬詢問。

她很保守、很自重有禮，大概回答他位置是空的，他道謝後，把托盤上的東西向桌上放。

「怎麼樣，服了嗎？」梅子說。

「也許你真有特強的觀察力。」我說：「也許你在表演什麼我不瞭解的手法，我自己也常做這種試驗，但是我不會在一行排隊的人當中選出這兩個人來，知道他們會坐到一塊去。」

「唐諾，我時常試這一招的。」她說。

「去你的這一招。」我告訴她：「你給我少來了，在我前面哪容你要這一招，告訴我怎麼回事。」

她看起來要哭出來的樣子。「唐諾，」她說：「你不相信我嗎？」

「當然不相信。」我說：「剛才那件事你表演過火了。」

她把眼睛固定在碟子上：「我以為我會喜歡你——而你……」

我等她說完，她突然停下，我追問她：「而我怎麼樣？」

她抬頭憤憤不平地說：「你這樣說。現在我都不知道——我還願不願意和你合作。」

她不吭氣快快地進食，我不吃東西看著她。

突然她說：「唐諾，別這樣。」

「別怎樣？」

「別這樣看我。」

「那你就不要在我前面耍花樣。」我說。

「這不是耍花樣，唐諾。」

我再看一下她說的兩個人對坐著的座位，她說女的另有丈夫，我認為是對的。男的四十五到五十之間的年齡，頭髮不白不禿，抑制的憂愁感佈在臉上，好像找了一輩子什麼東西，突然發現這根本是不存在的。雙肩有一點點代表疲乏的傴僂，他仍沒有發胖，腰身保持得和頭髮一樣好，衣服穿得很得體，這傢伙可能又有錢——又有身分。

從我坐的位置看那個女人，可以看得非常清楚。她雖是斜著背對這邊，但不時我可清楚地看到她側面，從我觀察所得，她很會用她的眼睛。她會看看別處，信賴地看看她朋友，笑笑，又把眼光放低，她大概二十六到三十歲。

坐在那裡看這個女人，我有點後悔當梅子初次把她指給看的時候，我未曾仔細看清楚她的樣子，我隱隱記得她是瘦瘦好身材，流線型的。

突然，我看到了凌珮珠。她一個人坐在角落的一張桌子旁邊，兩隻眼睛盯住了梅子叫我看的這一對男女。

凌珮珠的眼光，像兩把匕首，狠狠的盯住那女人的背後，像要把她衣服撕去，把她衣服下每件東西挖出來。

我一直掛一隻眼睛在餐店的入口，我沒有見到凌珮珠進來，我可以斷定，她是先我們進這個店的。

她有沒有見我們進來呢？

至少她一點點知道我在這裡的表示也沒有，她兩眼看住那一對人，照她目前坐的地方，她可以看到這兩個人，而這兩個人則不易看到她。

我看向梅子。

「好了，梅子。」我說：「你可以講老實話了。」

「什麼意思?唐諾。」

「你和我一樣清楚我是什麼意思，你以前在這裡吃飯的時候，見過這一對人，是嗎？」

她把眼光垂下。

「這才是你知道他們會坐到一起去的真正原因，告訴我，他們是什麼人？」

「我——我不知道，唐諾。我以前見過他們，我承認這一點，我只是想給你更好的印象。」

「你見到他們以前用這種方式見過面，是嗎？」

「是的。」

「她是不是那個給我電報的女人？」

「不……給你電報的女人要性感得多，更——唐諾，就是那一個！」

梅子現在看向的是凌珮珠。

「你是說那一個人坐在那——」

「沒錯，沒錯，就是她！她在看這一對人，你看她根本沒有在吃東西，只是在看他們而已。」

「是她發電報給我的嗎？」

「是的，就是她。」

「你剛才叫我注意這一對夫婦，只是個幌子，是嗎？」

「是的，我不知是福氣還是倒楣，我對面孔的記憶力很好。任何人給我見過一次，幾乎不會忘記。我經常會在街上見到別人，可以記得起他們曾來電信局發過電報。我總在這餐店吃中飯，這兩個人在這裡玩過相同的把戲好多次了，排隊的時候他們不排在一起，讓別人夾在當中，女的總是先去選位置，男的假裝不認識她坐過去，然後他們好像漸漸混熟了——」

「他們離開的時候怎麼樣？」我打斷地問道：「一起出去嗎？」

「不是，女的先走，男的幾分鐘之後走，兩個人仍假裝不熟悉，只是偶然在午餐的時候碰到，客套兩句而已。」

我說：「她這種看他的方法，一點也不像偶然相逢呀。」

「我知道，但是……老實說，這也是我開始注意到他們的原因。我看到她用眼睛看他的神情，真是非常不同——然後她站起來，自己走出去，留他一個人坐在那裡，我開始奇怪了。一個禮拜之後，我又見到他倆，兩天之前我又見他們一次，今天是第四次了。」

我看了她幾秒鐘，問道：「為什麼用這件事來使我發生興趣呢？」

「我——唐諾，你想我為什麼讓你帶我出來吃飯？你想我為什麼——肯幫你忙？」

「因為你可以大吃一頓。」我說。

「不是，因為我以前見過你，你……你使我發生興趣。」

「你什麼時候見到過我？」

「在第七街一家墨西哥餐廳，你和一個塊頭很大的女人一起在用飯，她好像想統治你，但是被你激怒得十分厲害。她已經老到可以做你的——唐諾，你看中她什麼？」

「你看到的是柯白莎，我的合夥生意人。」我說。

「原來是如此的！」

「是如此的。」

「她喜歡你嗎？」

「不喜歡，恨得要死倒是真的。」

「她並不恨你，唐諾，她喜歡你，而且尊重你，在她骨子裡，她是怕你的。」

「也有可能。」我不確定地說。

她別有用意地看著我。「唐諾，」她說：「假如我幫助你，你肯為我做件事嗎？」

「什麼？」

「幫助我弄個新工作。」

「你現在的工作有什麼不好？」

「那個經理。」

「你為什麼不簡單點，請求調職呢？」

「我怕。」

「怕什麼？」

「公事要經他手，會傷他很重……我又怕他會阻止我離開。我……我怕他怕得厲害。」

「他真的在愛你嗎？」

「瘋子一樣，腦子不會拐彎，自以為真情的。」

「好吧。」我告訴她：「我會替你找找看，我沒有辦法送你回去辦公了，我還有事要做。」

「我走回去好了。」她說：「我進你汽車的時候，汽車停得太近了。萬一他看到我們兩個在一起……對他傷害太重了，我不要使他受到傷害。」

「梅子，」我說：「讓我們別再做作，你是不是準備浪費你整個青春，只為不願意使他受到傷害？」

「不是，所以我想開闢新生活。」

「你姓什麼？」

「韓。」她說。

「我一開始問你的時候，為什麼不肯告訴我？」

「我逗著你玩的，唐諾。我希望能和你彼此熟一點。我要多觀察你一下……我耽心我見過和你在一起的大個子女人，我對你不敢一下確定。」

「你現在對我確定了嗎？」

「我喜歡你，唐諾。其實你進來和我說話的時候我就喜歡你，我想你是知道的，經理也知道的，他在生氣。」

她看看手錶，「我真要回去了，唐諾，不能不走了，我根本不敢遲到半秒鐘。」

「你時間還夠呀，」我說：「我想還來得及由我來問你幾個問題，看你對我坦直不坦直。」

「絕對真心，唐諾。我發誓，你要問什麼問題？」

「我問的問題，你可以不回答，」我說：「但是你回答的話，希望都說實話。」

「好，我發誓，唐諾。」

我看住她眼睛，突然問道：「這個經理，有沒有調戲過你？」

有幾秒鐘，她眼睛沒有看我，然後她說：「有。」

「有沒有給佔去便宜？」

「有。」

「所以你會怕他？」

「是的。」

「你很老實，這樣好一點。」

「噢，唐諾，你為什麼要逼我告訴你這件事呢？」她說：「唐諾，我……我——唐諾，這不公平，你逼我說出來，萬一他太太知道了……」

「假如我們要做朋友。」我說：「你要照我的方式。」

「唐諾，我——有的地方我怕你。」

「那樣也好。」我告訴她。

「為什麼也好？」

「這會使你不再騙人。」

「唐諾，我已經……我已經……從來沒有這樣老實過了。我——你在我要對你說老實話的時候——」

跟那很氣派的男人一起用飯的女人，把午餐用完，沒有向男的打招呼，站起來準備離開。

我說：「梅子，我得走了。」把椅子推後，輕拍她肩部，快快下樓。躲過凌珮珠的視線，我追出門，走上街道，正來得及見到她左轉，通過馬路，繼續向前步行。

我在三十呎、四十呎左右跟住她，我不在乎她是否會見到我。

她走得相當快，但是不是故意要快，步子快可能是她的習慣。她走得雖快，但是沒有像別的快步女孩一樣扭動。她把空氣當水，自己只是有規則的在一下一下划水前進。

我們一前一後走著。一輛車在馬路上經過我們向前，是和她一起用餐的男人在開一輛奧斯摩比。

開車的沒有任何表示，她根本沒有向這方向看。

我匆匆把車牌記下，是ＪＹＪ一一四。

我跟蹤的女人走兩條街到了一個巴士站。我跟蹤她上同一輛公車進城，走入一個大廈。

事情到了這一步，她認識我或不認識我已經沒太多區別了。何況我在想，她根本不知道我的存在。她走進電梯，我跟了她進同一部電梯。

她看看我，我也看看她。她對開電梯的說：「七樓。」

我向開電梯的點點頭，電梯發動。她把眼睛羞怯的向我瞟一下，有如一個正經女人在電梯裡發現一個色狼在注意她一樣。

她在七樓步出電梯，走下一個很長的走道，我在她後面慢慢走。到目前為止，一點她認識我的跡象也沒有，但是她知道我在跟蹤她，她在前面可以聽到我的腳步聲，她沒有回頭看我。

女人走進一間大辦公室。

兩扇大玻璃門上漆著：「杜漢伯」和「杜氏租賃評價開發公司」。

我跟在她後面進去。

她向裡面的人笑一笑，打開在邊上的櫃檯門，走進去，我只好停在櫃檯外，在放著一塊「服務」牌子的前面站著。

一個年輕女郎走過來，滿面笑容對著我。

「杜先生在嗎？」我問。

「目前不在。」她應道：「能請問尊姓嗎？」

我跟蹤的女人開始經過一扇門要進裡面的辦公室，但警覺地稍停一下，想聽聽我回答的名字。

我提高聲音。「賴唐諾。」我說。

被我跟蹤的女郎旋轉門把，走進門去。我看得出我的名字對她不值一毛錢，除非她是真正的演戲高手。我用眼角一直在觀察她，但是面孔對著我對面的小姐。

「請問賴先生，」她問：「您找杜先生有什麼事？」

「單純是私人事情，」我說：「私人，機密事，我再來好了。」

我走出大廈，搭公車回停車的停車場，發現忘了請餐店給我蓋戳做免費停車的證明，只好付了三角五分的停車費。白莎要是知道這三角五分本來是可以省下的，至少要失眠一個晚上，我把車開回公寓。

樓下職員對我說：「一位年輕小姐來電問你有沒有留話什麼地租的事。」

「你怎麼知道她年輕？」

「她的聲音，先生。」他紅臉地說：「她說她五點會再打電話來。」

我說：「她再來電話你就告訴她，你把消息告訴我了，我也留下一個消息。」

「是的，賴先生。」他恭敬地拿起一枝鉛筆，把筆尖放近一疊備忘紙：「請問留什麼消息？」

「告訴她：」我說：「我願意訂約，但不知該和誰訂約。」

對這個公寓來說，一切利用價值都達到了。我走出公寓，留職員一個人愣在那裡，筆尖還在紙面上沒有動，他的嘴巴張大在那裡。

第七章 汽車旅館裡的寂靜房間

我開公司車回到杜漢伯辦公室所在大廈那條街，再開下半條街，開進一個停車場。

「我想在附近找個地方可以做辦公室。」我說：「你們這裡有固定停車位出租嗎？」

「可以給你空一個出來，目前是臨時停車的旺季，包一個車位價格可不便宜。」

「你們給常客的車位都是安排在哪裡的？」我問。

「那一邊，靠牆——這是專為固定客人專用的。兩個出口出去都非常方便。車子一律停在門口，全由我們停進來。」

我端詳著走過去，一面看那些停車的位置。

「我們在這一區的車位目前都已經租給常客了。你決定要的話，下面第十個位置可以固定留給你，給你漆上你車號或你的大名。」

我把停在固定常客車位上的車子看了一遍，很容易就找到了那輛車牌ＪＹＪ一一四的奧斯摩比。

「好吧。」我向管理員說：「我租好辦公室，就到你這裡來租車位。」

我和他一起走回入口附近，他給我一張停車票，由他代我把車子停進去。十分鐘之後，我又回來。「我忘了一件東西在車裡。」我一面說，一面給他看停車票。

他想說什麼，突然笑道：「噢，你是剛才那位想租固定車位的。」

「是的。」我告訴他。

他拿住停車票一角看了一下，向一個方向一點頭。「車在後面第三排。你自己能找到嗎？」

「沒問題。」我告訴他。

我走到我自己的車子，從車箱裡拿出一組電子汽車追蹤器。這是目前警察最常用的一種，一個小小的圓盤，裡面有個水銀電池，短距離之內用追蹤器可以定位。

我換上一個備用的新電池，如此可以保證信號會強一些。我帶了它在口袋內，走到固定月租的車位，又端詳這一帶地勢。

我等候管理員忙著招呼別的客人的時候，溜到ＪＹＪ一一四號車的後面，把追蹤器向後保險槓的背面一點，磁性的追蹤器就吸住在保險槓背面。

我向管理員打過招呼，離開停車場。

私家偵探最難過的工作之一，是站在大街上，看住一個大廈的出入口，要等候某一個人出來，又要不受人注意。

起初的十五、二十分鐘，還可以看看附近櫥窗裡的陳設，或來往人群。此後，身體和心情都疲乏起來，身體的症狀出現越多，吃一行怨一行的怨氣越來越沖天，先是腿及背部的肌肉疲乏起來，然後腳跟疼痛起來，水泥的人行道越來越硬。

足足等了兩個小時，我要等的男人才自大廈出來，他是一個人出來的。

他走進停車場，走向他自己的車子，我跟在他後面進入停車場。

管理員這一次認識我了，他說：「辦公室租妥了嗎？」

「還沒能決定。」我說：「是轉租的。我有二個地方選一個；一個就在這附近，另一個附近經常可以路邊停車。」

「路邊停車最靠不住，惱人得很，尤其下雨的時候。」

我一直試著讓他早點把錢拿走。「我現在趕時間，」我說：「我知道車在哪裡，我自己去開出來，好嗎？」

「我馬上先叫個人給你開出來。」他說：「這裡除非包月才可以自己開進去開出來，臨時停車都是我們來開進開出的，這是這裡的規定。」

「我可能馬上變你包月的呀。」我說。

「噢，沒錯。」他說：「你可能馬上是包月的客人。我認為路邊停得到車的地方，一定不是商業區，沒生意可做的，你會選中這一帶來做生意的。」

我向他笑笑，給他兩元錢算是小帳，說道：「等我弄好包月的車位，我會買盒好雪茄給你的。」

我自管進去，跳進公司車，發動引擎，正好看到我要跟蹤的車子出場左轉。

我慢慢出場也左轉，發現它已經不見了，交通非常擁擠。

我把追蹤器打開，訊號又響又清楚。

我慢慢跟了十條街的距離。總是在半條街之外，讓很多車夾在我們之間，我不必一定看得到它，只要聽嗶嗶……嗶嗶……就行。

開了十五分鐘車輛擁擠的街道之後，他轉向左。我看不到他車，但是車子在直前的時候，嗶嗶聲是固定的，前車在左，嗶聲轉短，前車在右，嗶聲轉長。

我下一個路口也左轉。大概是轉早了，所以他的車仍在我車前，但是在我車的右側了。然後，嗶嗶聲變了嗡聲，我知道他的車在我車後了，看來他是在我右面的那一條路停車了。我彎了一大圈，發現他把車停在一幢公寓房子外的路邊上。

我把車停在半條街外，坐在車裡等候。

我的目標在公寓房子裡逗留了兩個小時，然後他出來，向海的方向開去。天色已晚，有很多車輛的時候我可以把車開近一點跟蹤，但是車輛一少，我必須儘量落後。要不是有個電子追蹤器在他車上，我的車頭燈不可能不引起他注意的。嗶嗶聲又響又清楚，但是突然之間變成嗡嗡聲。我知道他在我後面了，當然是他停車了。我轉回來，見到他把車停在一家高級餐廳之前。

我找了一個可以監視的地方留在車裡，突然我發覺到自己肚子也餓了。我停車的地方正好是餐廳廚房的下風，我聞得到炭烤牛排的香味，偶然也有咖啡的芳香傳過來。

我跟的人在一個小時之後出來，開向海濱，右轉沿了海邊開了半里路，開進了日泳汽車旅館。

我記得這就是最近連鬧兩次偷窺狂的地方，沒想到竟是個相當好的地方，門口霓虹燈照耀得十分明亮。

我跟蹤的人所填的登記卡仍在櫃檯上。我注意到管理者給他的是第十二房，他登記的名字是白豪斯夫婦，也寫了一個舊金山的地址。

他也寫下了他的車號，不過把最後兩個號碼對調了。雖是個老的詭計，但仍十分有用，十之八九汽車旅館的管理人不會去查客人登記的車號和真正的車號是否相同。即使他去查看，可能一下子也不會注意兩個號碼寫倒了。萬一他發現了，也會認為不是故意的錯誤。

我用了個張羅達的假名，登記了車子前三個字母，再加上第一和第三個阿拉伯數字，對公司車車牌當中一個數字就隨便寫了一個。

其實也是過份的小心，那女的管理者根本對客人寫什麼車號毫無興趣。因為法律規定住汽車旅館的必須登記車號，所以登記卡上有車號這一項，事實上她才不在乎去查對車號以免把客人嚇走。

「張先生，你是一個人嗎？」

「是的。」

「你太太不會隨後跟了你來嗎？」

「不會。」

「假如你是在等她的話，」她說：「你最好加上『夫婦』二個字。是規定，你知道。」

「房租價格有差別嗎？」我問。

「沒有，」她笑著說：「反正是十元錢。冰塊可以自己到製冰機去拿，辦公室這裡有一台，房子的最最後面也有一台。一起有三台自動販賣機可以買飲料。假如有什麼人會來參加你的行列，請保持安靜。我們希望這裡是個又好又安靜的休息地方。」

「謝謝你。」我告訴她。

我又斜眼看了另外那張登記卡一下，拿起她交給我十三號房的鑰匙，慢慢地把車開向後面。

以汽車旅館來說，這裡的房子是造得相當堅固的了。一條長的白色門廊，出租的平房一間連著一間。隔開中間的牆壁相當堅固，隔壁的聲音不是很容易會傳到這邊來。

我用一副小的電子竊聽器，貼上靠十二號房的牆壁，我可以聽到鄰房的人在走動，聽到他兩次咳嗽聲，聽到廁所沖水聲和水龍頭的聲音。

不管他等的是什麼人，人還沒有到，一定是等一下來相會。她一定知道到哪裡來相會，因為他沒有打電話。

胃空太久了，各種生理現象都通知我太餓了。在工作的時候，忙得落掉一餐本是常事，但是餓過了頭，靜下來，知道要等一個吃飽了的人安睡後，才能進食，是另一件很惱人的事。

我回想到四分之一哩之外有一家汽車可以開進去買東西的速食店。我放在他車上的追蹤器，不怕他逃到哪裡去，我肚子實在是太餓了。

我開自己車，匆匆來到速食店，要兩個漢堡，什麼都要加，一杯咖啡，而且要求要快。

這家速食店在晚上並沒有太多顧客，招呼我的女侍穿得極少。上身是緊身薄毛衣凹凸明顯，一條迷你裙，一雙褲襪——有意和我寒暄一下。

「你真的有要緊事嗎？帥伙子。」她問。

「我是有要緊事，小漂亮。」

「夜還早得很，天才黑，還有的是時間。」

「女的可不會等。」

她噘起小嘴說：「我十一點才下班，我的夜晚十一點才開始。」

「我十點五十五再來。」我說。

「喔！」她說：「大家都這樣亂吃豆腐的，到時鬼影子也沒有。那個嗡嗡叫的是什麼玩意兒？」

我說：「喔，安全帶沒扣上，它就自動提醒你，我忘了關上了。」我伸手把追蹤器關掉。

她離開我車子，走進去拿漢堡，我把追蹤器打開，繼續追蹤姓杜的車後有規律傳出來的電波。我看到女侍者過來，又把它關掉。

我在車裡吃，她決心要在車外候等。「決心要帶人家出去玩，自己先吃飽了，不嫌自私一點嗎？」她問。

「不見得。」我說：「對她好才這樣，她在節食，她晚飯只吃一片烤得焦焦的吐司麵包和蔬菜。我吃飽了陪她吃一樣的東西，免得她嘴饞。」

「減肥太可怕了。」她說：「她超重多少？」

「實在也不多。」我說：「但是她堅決保持身材。」

她煽動地向我示範道：「好的身材是要天生的。」又故意搖曳著離開我。

我又打開追蹤器，心裡怕一耽誤追蹤器聽不到聲音了，嗡嗡聲又響又清楚。

用完餐，我把車頭燈開亮，她就帶了帳單過來，我照單付帳，另加小費一元。

「帥伙子，」她說：「十點五十五是真的還是假的？」

「真心真意。」我告訴她。

「我們這裡有規矩不准和顧客訂約會的。」她說：「不過……」

「不過，不是今晚的十點五十五分。」我說：「是下一次的十點五十五分。」

一下她生氣得臉紅了。然後大笑說：「好吧，你試著下次來吧，下次可沒那麼容易約我了。」

她把小費放進褲襪，「謝了，帥伙子。」她說。

「再見了，小漂亮。」

「不錯，」她說：「你挺逗的，叫什麼名字？」

「唐諾。」

「我叫黛比，下個禮拜——見面。十點五十五分，別忘了。」

「忘不了。」我告訴她，把車開出速食店。

把車頭掉轉，嗡嗡轉成嘩嘩，信號十分正常。

正在把車開進汽車旅館的時候，一輛車開出來。我的車頭燈一下照過對面那輛車的駕駛。我必須緊急踩煞車以免她的車撞上我車頭。她車從汽車旅館出來，車子開得太快，在轉向鋪有路面的大路時，車子的輪子嘰嘰的發出聲音。

我的前燈掃上她臉時光線很強，我只有半秒鐘的一瞥，但已經深深刻入腦中，她的臉部表情是極度的震驚。

沒有任何理由，可以把這個女人和我在辦的案子連在一起。但是凍結在她臉上的懼怕，她開車的那種方式，和我的好奇心，反正使我甘心冒個險。

我把車後退，轉頭，追向她的車後。她開的是兩年前出廠的雪佛蘭，我必須把油門踩到底，她第一個十字路口闖了紅燈，但其餘的十字路口尚依燈號行事。所以我才能追近，見到車號是ＲＴＤ六七一。

看到車號已經夠了。我也只能提供這一些時間，我自己尚有案子要辦。我把車迴轉，回向汽車旅館。

我把車停回十三號房前，拿出鑰匙，進入屋內，把門鎖上，自手提箱拿出竊聽器，把麥克風貼向靠十二號房的牆壁。

完全沒有聲音。

我把音量控制調整到最高，還是沒有一點點聲音。

我懷疑是不是裝備發生故障了，我把麥克風試用到靠十四號房那面牆上。竊聽器功用極為正常。兩個人在床上耳語，耳語聲聽得清清楚楚，連呼吸聲都清晰可辨。

我又把竊聽器放回靠十二號房的牆上再試。

絕對的沉寂，連呼吸聲也沒有。

假如我追蹤的人已經離開了，他是聰明人，沒有開車走。是我活該，讓肚子主宰了腦子，他的車子停在門口，但人恰不在屋裡了。

當然還有另外一個可能性。

我拿起放冰塊的玻璃缸走出去，發現有條小通道可以到屋後去，那裡有個製冰機，免費供應冰塊。

這家汽車旅館在設計上就有易於偷窺狂的人下手的缺點，一長條房子每一間都是長方型的。後半部的地方隔出一間浴室來，使房間成為「L」型。向後院只有前面一半大的地方利用來放一張早餐桌和一張長凳，角上有窗使房內空氣可以對流，窗上也有向下拉的窗簾，但是必須伸手經過桌子才能夠得上。由於窗外是又空曠又黑暗的後院，所以大家就不太注意到把窗簾放下。

我看到好幾個房間的後窗都有燈光直接射出，我慢慢小心地移向十二號房的後窗。

我追蹤的人曾把窗簾拉下，但是沒有拉到底，在窗檻和窗簾之間可以見到一條橫的光線。

我走過去，把眼睛湊上這條縫。我看到地上有一隻腳，穿了皮鞋，但是側放在地上。也看得到上面腳踝上的薄羊毛襪。

其他什麼也見不到。

我匆匆向通道上下看看。心裡在想，被人捉住在這個特別汽車旅館裡偷窺是十分糗的事，連前兩次的事件都會算到我的帳上來，但是那隻腳實在太詭異了，我重新再把眼睛湊上那條縫去。

腳還在那裡，仍在老位置。這一次我又見到了別的東西——一條深紅色的液體沿著地毯在延長，就我看的一點時間，它延長了十六分之一英吋的樣子。

此時我又看到了別的東西，窗玻璃上有一個子彈洞，但是窗簾上沒有洞。這表示有子彈自窗玻璃通過，而後裡面有人把窗簾幾乎全部拉下。

我開始退回我自己的房間，但是仍要繞過十四號房，那後面才是製冰機所在的地方。

一個女人自十四號房浴室出來——任何人都會連看好幾眼的美麗身材女郎。

我慢下腳步，眼睛不能不看她，有如指北針不能不指向北面一樣。

後窗的燈光照到我，她一定是感受到了我的凝視。她沒有喊叫，也沒有找東西遮蓋，只見她鎮靜地把身體移向我知道電話在那裡的那個方向。

我繞過十四號回房，抓住竊聽器往手提箱裡一塞，關上門，跳進公司車，發動引擎，把車倒退，調轉方向。

才離開旅館半條街的距離，一輛警車鳴著警笛自我車旁經過，駛向日泳汽車旅館。

就那麼險！

這時追蹤器的嗡嗡聲重新提起我的注意力，我知道這次我是真的陷入困境了。警察是一定會檢查被謀殺的男人開來的奧斯摩比車子的，一個追蹤器吸在後保險槓上是不可能逃過他們法眼的。

第八章　錯綜複雜的感情問題

我忙著用電話，找我熟悉的人，努力找汽車號碼的車主。

ＪＹＪ一一四牌照的奧斯摩比車車主是杜漢伯。

這並沒有什麼值得驚奇的。

ＲＴＤ六七一雪佛蘭車主是石依玲，登記的地址是丹寧街三〇六四號，六四三公寓房間。偵探做久了，見怪也見多了，對事實我從不爭論，所以也就見怪不怪了。

我把公司車開往丹寧街，這地址是一個非常漂亮的公寓房，靠街的前門是開著的，大廳裡沒有人看守，我直接上樓到六四三公寓房，門外按鈴聽得到裡面響出來的鈴聲。

按過兩次後，門向裡面打開，我在車裡見過的年輕小姐說：「你……你一定按錯門鈴了。」

我搖搖頭。「沒有，我是來找你的，我要和你談談。」要不是臉上驚嚇還未褪去，她還會更漂亮，乾乾淨淨，中等身材，大大的藍眼珠，栗色的頭髮，稍瘦了一點，可以加上幾磅不致損害身材，但是絕不是扁平的，她是個漂亮女人。

她說：「抱歉，我不認識你，我不想……」

「在日泳汽車旅館你幾乎撞上了我。」我說。

「我從來沒到過什麼日泳汽車旅館！」她說。

「我們在這裡討論，還是到裡面去討論？」我問。

「哪裡都不必討論！我不知道你在說——噢，你就是那個開車——」她停下，想把說出來的話收回去。

我對她笑笑。

「進來吧！」她說，把門打開。

我進去，把門用腳跟帶上。

「時間也許不多了。」我說：「把你和杜先生的事告訴我。」

「你竟敢——」

「省省吧！」我打斷她話道：「你沒有時間來演戲了，你不妨快點坦白。」

「你……你是什麼人？」

「我也許可能幫你的忙，但無論如何我先要知道事實。」

「憑什麼我要告訴你任何事情？」

「為什麼不？警察隨時可能要到這裡來，我等於是給你一個預演的機會。」

「你到底是什麼人？」

「你可以叫我唐諾，我是一個偵探，姓賴。」

「那麼……不等於是警察！」

「不是，我是個私家偵探，我只要事實。」

「我對你沒什麼可說的。」

「好吧，」我告訴她：「我把我的消息告訴警察，絕對可以交換到我要知道的消息。」

我走向電話。

她看著我，然後突然讓步道：「唐諾！不要這樣，我告訴——你要怎樣都可以，但就是不能讓警察來問三問四……我也不能弄得大家都知道，我會自殺算了。」

我說：「我可以給你自白的機會，但是你一定要完全合作。依玲，千萬別瞞我任何事，否則你就會後悔莫及了。」

「我很想說出來，我也想有人商量商量。」她說。

「從杜漢伯開始。」我說。

「那是他的名字嗎？」她說：「我從來不知道他的真實姓名，我只是——」

「別說謊。」我告訴她。

「我沒有說謊，我從來沒有……」

我拿起電話，撥了個九，她一直在看，知道我在接總機。

我對電話說：「總機，請你接一下警察總局，我是賴唐諾，是一個偵探，我要對一件兇殺案報告一個證人……」

她又吃驚又生氣，一把把電話從我手中搶去，摔在話機上。

「不可以！」她說：「你不可以！」

她開始哭泣。

我說：「我告訴過你假裝沒有好處，你自己已經浪費了很多寶貴的時間。」

「你到底……到底要知道什麼？」

「你在汽車旅館裡做什麼，對杜漢伯的死亡你知道什麼，還有你和杜漢伯間的關係有多久了？」

「我和他什麼關係也沒有，我——」

「我知道，我知道。」我說：「你想把這一節賴掉，你認為你不說沒有人知道，這是賴不掉的，這是件謀殺案，沾上謀殺案是跑不掉的，我現在給你一個預演的機會，你騙不過我怎能騙過警察？」

「我是在回答你問題呀。」她說。

「那就好好回答。」我說：「再像剛才那樣回答，在午夜之前，你就會因為謀殺案被捉進去，關起來，我當然知道，一大堆記者會圍著你記下你說的每一句話，攝影記者會叫你帶點微笑，帶點性感，因為這是那樣的一個案子，而且準會上第一版，頭條新聞標題大概是：『百萬富翁幽會被殺，情婦涉嫌被捕』。」

「我不是他的情婦，我也不會被捕。」

「我懂了。」我說：「你是因為一個你有的金礦，去汽車旅館和他研究怎樣開採的。」

「我說過我不是他情婦，我去那邊——是因為一件工作。」

「當然，」我說：「你有杜氏公司的兩股股票，他要這兩股的選舉代理權，你知道下次股東會選務爭得厲害，所以他告訴你他在那裡，建議你自己來找他，用白豪斯太太的名義，你可以用一晚的時間討論這件事，如此沒人會打擾你們，這樣你絕對不會弄錯你的委託股票。」

「你真齷齪。」她說：「腦子想到……」

「說下去呀！」她停下來，我催促著道：「記住，你是在演練，等不久警察就會正式來問你，照你現在的回答方法，除了把你自己送進監牢之外，一點用處也沒有，但是你決心要如此，我就『莫法度』啦。」

「你怎麼知道我要去汽車旅館和他見面？」

「因為是你在把孫氏綜合保證投資公司的秘密洩漏給杜氏公司，杜漢伯要從你這裡得到消息，他靠你消息來投資……」

「真是荒謬極了！」

「有什麼荒謬？到時候警察一清理杜氏公司的帳冊，他們一樣會發現事實正是如此，他們一清理杜漢伯的私人辦公室，就會清楚他做過哪幾筆投資，又在想投資哪幾筆生意，和孫氏公司一對，就知道這些內幕消息一定是孫氏內奸洩露給他的。

「然後警察又發現你在偽裝白太太，而杜漢伯登記用的名字是白豪斯。

「然後他們查你的過去，找到你是什麼時候初遇杜漢伯的——」

「不是！」她大叫道：「不是！不是！」

「什麼地方不是？」我問。

她說：「這——老天，他們真會——」

「真會什麼？」

「真會查我過去，找到我什麼時候見過杜先生？」

「當然。」我說。

她說：「賴先生，我——」

「叫我唐諾好了。」我說：「我們兩個在半個小時內，警察到來之前，有很久要相處——大家不要太拘泥。」

「好，唐諾，我就叫你唐諾，我不是杜先生的情婦，我意思是一切是很久之前的事了，我這次去看他也不是以他太太身分……或是情婦身分。」

我故意誇張地開始打呵欠。

「杜先生——是我孩子的爸爸。」她一本正經莊嚴地說。

我收住打了一半的呵欠，晴天霹靂意外地坐在椅子上。

「什麼？」

「是的。」她說：「我在托兒所有一個三歲的兒子。」

「杜漢伯是他父親？」

「是的。」

「他承認這兒子嗎？」

「我不瞭解你什麼叫承認，他從來沒有否認過，至少沒有對我否認過。」

「孩子由什麼人來付錢扶養？」

「他。」

「你說他每個月付扶養費。」

「當然，每月的月初，他把支票給我存進我銀行，做孩子一個月的開支。」

「好吧，」我告訴她：「這一點非常重要，支票是誰的票子呢？」

「支票是不同的客票，由不同的人開出來，背面寫明只供我存進銀行之用，由於支票本是可以提現的，但是出票人不要我提現，只准我存入我的戶頭，所以銀行以代收收進沒有任何困難，我想銀行是有點好奇的，但是他們從來沒有問。」

「你另外開支票作孩子的生活費用？」我問。

「是的。」

「用你自己的名義？」

「是的。」她說：「用我自己的名義，男孩只知道他父親因為車禍去世了，我早就做好了這種背景的說詞。

「老天，你留下的尾巴任何一個人都可以查得到。」

「我怎麼會知道有一天有人會來查的呢？」她說。

「好吧，」我說：「我們重新開始，我要知道每一件細節。」

「我必須先向你解釋一件事。」她說。

「不必解釋。」我說：「只要告訴我事實，說完事實再解釋不遲。」

「你不聽解釋，整個事情就變得下流了。」

我說：「你有一個私生子，你又不想別人認為這是不對的，是嗎？」

「就是如此。」她生氣地說：「世界上有多少人過的不是他們原本想像的生活方式，又有多少人因為傳統的道德觀被拘束了一輩子，但是真實的人生，走到某一步，一切都是假的，是命運的支配。」

「說下去。」我說：「你都說出來吧。」

她說：「我那時替杜先生工作，我覺得他很吸引我，他覺得我很吸引他，我同情他。」

「為什麼？」

「他的太太有心臟病，她不能受到任何心理上的激動——任何激動，她不是一個太太，只是個女人，她甚至不能算女人，只是個病人，一個心臟病殘廢人，杜只能把她護到，不能交給她任何事，不能讓她耽心任何事，也不能有正常的夫妻關係。」

「所以他就和你在一起？」

「不是這樣，唐諾，千萬別以為這是件骯髒事，這實在是一件很美麗的事——假如永遠這樣的話。」

「發生了什麼事了呢？」我問。

「我懷孕了。」

「懷孕為什麼改變這件事呢？」

「他怕他太太發現這件事，受不了刺激會死人的，事實上她生命真的像繫在一根蜘蛛絲上，他真的對她很忠心，很慷慨，很有人性，他肯犧牲任何事情，只要能保護她。」

「你的意思是他很慷慨，慷慨到犧牲你。」

「你要這樣說也是可以的，但是我自己也不喜歡有別的辦法，他不能辦離婚，那會等於是殺了她，假如她知道了他有外遇，會有多大刺激，假如她知道還有一個小孩要出生，那就死定了，他知道，我也知道。」

「於是又怎麼樣？」

「於是我就離開。」

「他給你的經費？」

「他給我的經費，因為我必須離開一年左右，我回來的時候……當然，我離開太久了，他也真是個寂寞的人。」

「是的。」她說。

「他又另有新歡了，是嗎？」我問：「你的位置有人頂缺了，是不是？」

「他的太太也死了，是嗎？」我問。

「我回來之前兩個禮拜，她死了。」

「又如何？」

「我不願意曲膝，我也不願意哭鬧，我不願意用這一件事來抓住他，我只是離開他，自己另外找了一個工作，除非為了小伯的重要決定，否則絕不見他。」

「你叫你兒子小伯？」

「是他取的名字。」

「像他嗎？」

「一個模子裡出來的，而且越長越像他，任誰一看都會明白的。」

「杜漢伯見過他嗎？」

「有，這是個要點，小伯一直認為漢伯是他親伯父，漢伯見過他好多次，他們兩個人太像，像得太明顯了……杜先生是個出名有成就的人，此時此地要弄出什麼醜聞對他非常不利，會毀了他一切的。」

「我想他一定告訴過你，叫你帶了孩子維持一段時間，一旦他太太死了他會娶你的。」

「那個時候他是這樣想的。」

「後來改變初衷了？」

「改變意見了。」

「現在不考慮結婚了？」我問。

「相反的，」她說：「他幾次要我嫁給他，我拒絕了。」

「為什麼？」

「因為，我知道他是為了責任，不是因為愛情。」

「你也得為你兒子考慮呀！」

「我知道，事情不能這樣下去，我——這也是我要找他討論的一件事。」

「於是他同意見你？」

「是的。」

「他預備重新再拾舊愛？」

「當然不是。」她說：「我們兩個之間現在沒有這種想法了。」

「但是他登記的是夫婦。」

「當然他要登記成夫婦，你不能到一個像樣的汽車旅館去等一個女人來會合，不做個樣子登記一下，再說目前這一段時間杜漢伯更要特別小心，一些對他不滿的股東正在想辦法把他控制權取走。」

「你們為什麼不找個可以談話的地方，而要各人開車去汽車旅館呢？」

「這是他的想法，但是我遲遲不能決定，也許他認為在那種地方我會改變我的想法，我雖已決定不會改變，但也要和他談一談，所以告訴他叫他先去日泳旅館登記。」

「所以你隨後去了？」

「是的。」

「發生什麼事了？」

「他死了。」

「你能確定？」

「我可以確定——唐諾，好可怕。」

「說吧，發生什麼事了。」

「我自幸沒有跑進辦公室去，我本來是想跑進去問他們，就說我是白太太，白先生有沒有來登記，我們說好要在這裡——」

「這一套對旅館管理員會有用嗎？」我問。

「當然沒有用，但是這一手可以給他們一個機會，使他們知道某一房在等的那人是個什麼樣的人，讓他們知道不是找麻煩一型的，他們不在乎你們租房子幹什麼，就怕吵了鄰居或惹上其他麻煩。」

「這一次你沒有找管理員？」

「沒有，我去找車子，我看到杜先生車在十二號前面。我把車和他車停在一起，走上階梯，去開門。」

「你沒有敲門？」

「當然沒有，敲門就穿幫了，我扮的是他太太，我要走上去，開門，自己進去，好像這是自己家一樣。」

「門沒有鎖嗎？」

「沒有，他故意開著的，我們都說好了的。」

「你開門，進去？」

「是的。」

「又如何？」

「他側倒在地上，中槍了。」

「你怎麼知道是中槍呢？」

「在那裡有——唐諾，我說……說不下去了。」

她開始哭泣。

我說：「把眼淚省省吧，妹子，我在問你，你怎麼知道他是中槍？」

「那裡有……有一堆血，一個……一個子彈孔在後窗上，我跑過去彎下身看過，我摸過他頭，一摸就知道他已經死了，當然，沒有摸之前，看看他臉就知道他死了。」

「房間裡燈光是亮的還是暗的？」

「亮的。」

「有沒有其他特別值得注意的？知不知道在你去之前，什麼人先你去看他了？」

「我沒有多看，我嚇都嚇昏了，事情發生那麼突然，又完全出乎意外，但是……我還是摸了下他手腕上的脈搏，自己強制把情緒安定了下來。」

「為什麼？」

「我在想我的兒子，我不能讓他混入這次醜聞，他會長大成為一個正常、品行端正的男孩，他有前途，有自己的朋友，會被社會接受，大家只是同情他自幼父親車禍去世而已。

「假如消息出來，大家知道他是私生子，他的生父又被謀殺——喔，唐諾，這對他是一輩子的陰影，他會被朋友摒棄，他會被嘲笑、輕視，最後會被孤立起來——似懂非懂的孩子們是最可怕的，這時期損傷也最重。」

「我們談回到汽車旅館去，你當時怎麼辦？」

「我不忍看他這樣不加理會，我把後面窗子的窗簾拉下來，至少使他不會那麼暴露，不能死了還要大家來參觀。」

我仔細故意看向她說：「也可以遮住別人看到你彎下身來，在死人身上搜東西。」

「唐諾，我沒有在他身上搜東西。」

「但是你曾經彎下身來。」

「是的。」

「是你把窗簾放下來之後？」

「之前。」

「你沒有辦法證明是之前？」

「沒有——但是我說過，是之前。」

「你又做了什麼？」

「我……我向房裡環顧了一下，就離開這個地方，我把車一倒，儘快就開出去。」

「有沒有人見到你？」

「我剛要開出旅館，有一輛車開進來，旅館的照明燈一下正好照在我臉上，我也看到是你在開那輛車。」

「是的，」我說：「我也是在那時看到你的。」

「你進去了？」她問。

「沒有全進去，我馬上調頭追你了。」

「你對汽車旅館裡的事，為什麼……為什麼那麼有興趣？」

「我在跟蹤杜漢伯。」

「喔。」她用低低害怕的聲音應道：「那麼你——唐諾，你是受僱於什麼人，來跟蹤他的囉？」

「倒也並不是完全如此。」我說：「我是受僱於別人要我們做某件事，為了達成這件事，我認為最好是跟蹤這一個人。」

「你跟蹤他多久了？」

「只是今天晚上。」

「那麼你也許會體會到，他是非常……非常可憐的，他被另外一個女人釣住了，怎麼也不讓他脫鉤，我不在他身邊的時候，他惹上了這個麻煩……現在他怎麼也脫不了身了。」

「那個女人有他什麼把柄嗎？」我問。

「她是個漂亮、有心機、殘忍的魔鬼，杜漢伯曾經帶她幾次經過邊界到墨西哥去，她有旅館登記紀錄拷貝、信件、隱藏錄音機錄來的錄音帶等等好多東西。」

「勒索嗎？」

「高級方法的勒索。」她說：「你要知道，他目前的處境絕對不能有任何影響聲譽的事發生，否則股東中有些野心的會把他一手創辦的事業，從他手中搶走，我不知你知道不知道，但是他目前正在經歷一場控制公司的生死戰，有些敵對的生意人，要利用他公司的股東，合法地把他趕出去。」

「你知道什麼人是他的敵對生意人嗎？」我問。

「他一直很小心，不對我談到這個問題，但是我自己一直在想……」

「說呀，想什麼？」

「在想孫先生，我現在的僱主，可能是他的大敵人。」

「孫先生會這樣對他嗎？」

「生意歸生意。」

「但是你還不能確定？」

「不能確定。」

「你和杜漢伯顯然見過很多次面，他也多次把他私人的困難和你討論過很多次。」

「他是不止一次和我談過。」她說：「我同意這件事造成悲劇的原因是他最寂寞的時候，我必須離開他那麼久，他是個正常男人，他寂寞得可憐，他告訴我在我離開他後，他有一段時間正眼也不看別的女人一下，但是……這個女人聰明，她在他最寂寞的時候捉住了他的缺點，一下把他釣上了。」

「她叫什麼名字？」我問。

「我不願說出她的名字來，現在他死了，更沒必要了。」

「就是因為他死了，你才要說出她名字來，反正也沒關係了。」

她落下淚來。

「我告訴過你。」我說：「想哭現在不是時候，告訴我，啃住杜漢伯不肯放手的女人叫什麼名字？」

「她叫凌珮珠。」

我仔細想想前因後果。

「她住哪裡你知道嗎？」我問。

「不知道，他從來沒有說起過，但我知道他給她弄了個公寓，養在那裡，而且她的品味是很高的。」

「花費相當大？」

「是的，最近他決定不供應她了——倒不是為了花費。」

「是為了什麼？」

「其他男人是為了什麼先金屋藏嬌後來又想退出來的？他自己說一開始沒看清她是怎樣一個女人，他從她身上看到我的影子，她主動來就他。有一度他很熱呼，但是——」

「那時候他太太死了，他又和凌珮珠熱呼，為什麼不乾脆娶了她呢？」

「因為他發現了她真正的人格。」

「於是杜漢伯要回到你身邊來？」

「他要我，」她說：「但是我不願意回去了，我尊重他是我孩子的父親。但是我一下不在的時候，他又弄上一個女孩子這件事，使我……我也不知怎麼說，唐諾，我心裡什麼東西死掉了，他對我只是個朋友，我同情他，我承認我比任何一個女人都瞭解他，我喜歡他。但是……一旦想回到感情問題……我已經無法接受，我經歷過了，就是灰心了。

「我初回來的時候，如果他自由到可以和我結婚，我會立刻和他結婚。但是他又捲進了另外一個和以前一樣絕望的情況。我根本不喜歡這種偷偷摸摸的見面、欺詐的行為，不能公開的戀情，弄不好又來一次懷孕。

「唐諾，感情問題一旦錯綜複雜就不好玩了，我很難向你解釋他對我的看法，我對他的看法也不容易解釋。」

「他有沒有要求你像從前一樣的生活？」

「有，當然有，他是個正常男人，想什麼你該知道。但是我只給他友情，我只給他同情、瞭解……我不會再和他偷偷摸摸在一起，我不能再有一個不合法的私生子。」

「換句話說，你是在告訴他，要想得到你，一定要拋棄凌珮珠，和你正式結婚，是嗎？」

「大概就是這個樣子，是的。」

「你真是一個謀殺案的最佳替死鬼！」我說。

「你認為他們會——」

「當然他們會。」

我坐在那裡默默想，靜靜看著她。想這件案子裡矛盾的地方，看她有什麼情緒上的變化。

她討厭我這種不出聲的盯住她看，她突然說：「唐諾，我討厭你這樣看我，好像你是用眼光來解剖我一樣，我不喜歡。」

「我在琢磨你一定有什麼顧忌，我現在知道你的顧忌是你兒子。」

「當然，兒子是我最要保護的。」她說：「我是為他活著的。」

「我也如此想，否則你不會如此。」我說：「你一回來就會想辦法爭回杜漢伯來。」

「目前你為什麼一再要和我討論這個感情上的問題呢？」

「因為，」我說：「我要給你一些建議，希望你能聽話。」

「什麼建議？」

「你情況很糟，成了一個目標了。」我說：「假如你自己先去見警察，把你知道的告訴他們，你就淌進了渾水。你會變成頭條新聞人物，連你的孩子也成眾目所注了。」

她露出驚慌。「不行，唐諾，不可以。」她祈求道。

「假如你不去見警察，」我接下去說：「你就中了他們的計，他們早晚會發現後來去日泳汽車旅館那個白豪斯太太究竟是什麼人。

「警察會做兩件事：第一，他們會搜查現場。第二，他們會急著找要和杜漢伯幽會的女人。」

她點點頭。

我說：「假如你是突然的匆匆的離開現場，意味著你是在脫逃，脫逃是有罪的一種證據，在審判重大刑事案時，可以用來當檢方證據的。」

「唐諾，你準備幹什麼，把我逼瘋？」

「不是，」我說：「我是在加重語氣，希望你能照我建議行事。」

「但是你不可能想得出對我有利的建議，」她說：「你已經分析過，我目前的處境進退兩難。我只能動彈不得地困在這裡，警方早晚會把我挖掘出來。一旦消息發佈，連我兒子的一生也毀了。」

我說：「有一點你要面對現實，依玲。早晚你兒子的事會被牽進這件案子裡來的，但是會不會變成謀殺嫌犯的私生子是另外一件事。

「我要你做一件事，你去過那旅館，你去的目的是見杜漢伯，你發現漢伯死了，像是被謀殺的，你衝出去，要找一個電話亭好報警。但是你還沒有去找電話，警察已經來了。不知什麼原因，你知道他們已經知道那件謀殺案。」

「但是我怎麼會知道呢？」

「警車經過你車旁，進入那汽車旅館。」

「但是，我沒有看——」

「警車經過你車旁進入汽車旅館。」我堅決地說。

她猶豫了一下，說道：「是的，唐諾。」

「而且，」我說：「在這種情況下，你認為你兒子也有危險，你兒子在哪裡？」

「我從來沒有把他的地址告訴過任何人。」

「有什麼用？」我說：「保持這種態度沒用，任何人花兩毛錢都可以查得出來。」

「他在『何媽媽之家』，是何麗蓮太太開的託兒所，何先生死後她一個人照拂。」

「在哪裡？」

「在山裡，自貝林鎮進去十一里。」

「父母們想要見見他們的孩子，附近有什麼配合設施呢？」

「貝林鎮上有汽車旅社，這是離那裡最近的地方了。」

「你的孩子用什麼名字呢？」

「杜小伯。」

「你取的名字？」

「是的。」

「你認為你的孩子也有危險。」我說：「你亂了手腳，你趕到貝林，目的是要在離他最近的地方。你立即出發，他的父親被殺死了，你認為殺他父親的兇手也會想殺小伯。」

「為什麼？」

「豈有此理！」我說：「不要和我爭辯，你怎麼知道漢伯是什麼理由被殺的？有太多可能，兇手是妒忌，也要殺掉他的兒子，而且目前兇手很可能開快車，直奔貝林要——」

「唐諾，不要說了！我——」

「你要完全照我方式做。」我說：「你嚇壞了，你失去理智了，你有點歇斯底里，你耽心你的兒子，你趕去和他在一起再自然不過了，你現在上你的車，立即去貝林鎮。你在貝林的汽車旅館用你自己真名登記，你把自己車子號碼寫上。一個號碼也不要弄錯，你是因為要接近你兒子，所以住到那裡去，萬一警方找對了地方，就讓他們找到。我認為除非有人通風報信，否則他們不會在二十四小時內想要找你的。即使想找你，也不會一開始就找到貝林去的。

「特別注意的是，你根本沒有脫逃。你只是做出一個母親的自然反應，你要在孩子的附近，保護你的孩子。

「萬一將來你要面對陪審團，解釋這一次的行為，陪審團裡會有女人，她們會相信你當時的動機和心理因素，警方不能硬說你是畏罪脫逃，女性的陪審員會瞭解地點頭，一掬同情之淚。」

石依玲想想說：「經你如此一說，唐諾，不論什麼理由我都應該立即到他——我想你是對的，我的兒子小伯現在是有危險。」

我走向門口，把手放在門把上。「記住了，」我說：「是我告訴你，你兒子有危險的。」

她快步經過房間，來到我前面，把手伸向我放在門把上的手，握住我的手道：「唐諾，為什麼你要這樣說？」

「這樣說你就不會忘記是我告訴你的呀。」我說。

「為什麼一定要我記得是你告訴我的？」

「可以給你充分的理由、充分的解釋，為什麼你急急忙忙要離開洛杉磯，去貝林看你的兒子。」

她慢慢體會我話中的意思，突然她向我靠近一點，眼睛看向我的眼睛。「唐諾，我感激你。」她說，眼中淚水發亮：「我嘴笨，說不出來。」

我打開房門，走了出來。

第九章　電子追蹤器

我乘一班夜航飛機到舊金山，用自己名字登記，請旅社的總機清晨七點半叫醒我，就開始上床安睡。

早上，我刮鬍鬚，吃早餐。九點鐘的時候我到了電子偵查儀器公司的舊金山分公司。

公司才開門，我買了一副電子汽車追蹤儀，包括一隻小甲蟲大小的發報器，和可以帶在車上追蹤的接收器，就和我使用在杜漢伯車上的相同。

我僱輛計程車，帶我去奧克蘭的機場。在經過海灣大橋的橋中心時，我把接收的部份從計程車的車窗拋出去，丟進舊金山海灣，只把可以吸貼在保險槓上的蟲形發報器留在口袋裡。

在奧克蘭機場我把這玩意兒弄舊，刮點紋路上去，擦上些泥巴，放進我的手提箱，搭空中巴士回洛杉磯。

在機場停車場，我取回公司車，把特地從舊金山買回來的東西，放進為了追蹤杜漢伯而使用的整套汽車追蹤器裡，用塊油污的布一包，我回我的辦公室。

時間是下午一點鐘，卜愛茜放下手中在剪報紙的剪刀抬起頭來，看到我進去。

「唐諾！」她叫道。

「正是小生。」我說。

「唐諾，你沒有回報，我們一直不知你哪裡去了。你——」

「我在辦案。」我說。

「白莎一直在叫小姐們試著找你，她現在正在大叫，你們的客戶現在在她辦公室。」

「姓孫的？孫夢四？」我問。

卜愛茜點點頭說：「她關照過，你一回來要通知她的。」

「好吧。」我說：「我回來了，通知她吧——算了，免了，我自己過去好了。」

「我反正還是要通知她一下。」

「可以，通知她。」我說。

卜愛茜拿起電話，按柯白莎的通話鈕，等了一下，她說：「柯太太，賴先生才回來，我已經告訴他你要見他……」

她把聽筒離開耳朵好幾呎拿著，如此她才能保護自己的耳膜不會因為白莎大叫的聲音受到創傷。然後她說：「他去看你了柯太太……是的，已經去看你了。」

愛茜掛上電話。

我拍拍她肩膀。「謝謝你。」我說，走向白莎辦公室。

柯白莎坐在她辦公桌後吱吱會叫的迴旋椅裡，嘴唇生氣地閉得緊緊的，眼光冷得像鑽石。

孫夢四坐在客戶大椅子裡，他正襟危坐著，所以白莎沒能開口咆哮。

「你死到——」她開口道：「哪裡去了……」她自己停下，深深吸一口氣說道：「唐諾，我一個早上都在找你。」

「我在辦一件案子，」我輕鬆，不在意地說：「孫先生，你好嗎？」

孫先生點點頭以示招呼，柯白莎顯然對我不在意的態度不滿意。說道：「唐諾，你聽到消息了嗎？」

「什麼消息？」我問。

「有關姓杜的，杜漢伯。」

「他怎麼啦？」

「他被謀殺了。」

「什麼呀！」

「是的，被謀殺啦。」白莎說：「還有呢，宓善樓警官一直在找你。他打了三次電話來，他說你一回來就要和他聯絡——一回來就聯絡。」

「好吧，」我說：「該我來聯絡，還是你來聯絡呢？」

白莎怒目向著我，拿起電話，對辦公室總機說：「給我接宓警官。」

白莎話才說完，辦公室的門砰然打開，宓善樓警官已經站在門口，用嚴峻的目光評估著辦公室裡的局勢。

「跟你說過這小子一回……」

白莎把話機向電話一摔，說道：「我是正在給你打電話呀！該死的，你就衝進來了。」

「那就是巧合了。」善樓說：「純屬巧合。」

白莎說：「他奶奶的，我不會對你說謊，你是知道的。你滾出去問問我們的總機，我要她接給什麼人，我不會騙你，姓宓的，我不必騙你。」

善樓把他的警官帽子向腦後一推，把咬剩一半未點火的雪茄自嘴的一角移向另一角。「各位，我要和你們談談。」他說。

「我們這裡另外有位客戶在。」白莎說。

「你們的顧客可以出去，在外面等。」善樓說：「我們警察工作不能等的。」

孫夢四說：「我是納稅人。」

善樓看著他，思慮地說：「你叫什麼名字？」

「孫夢四。」孫先生敵意地說：「也許你會接受我一張名片？」

善樓走過來，伸出一隻大手，拿過卡片，看了一下，往他的褲子口袋隨便一塞。

我對白莎說：「我相信孫先生不會在乎到外面去，在外面稍候一下——」

「胡說。」白莎打岔道：「他是我們的客戶，宓善樓，你有話早說，就在這裡說，說完就走。」

善樓把雪茄又轉向另一側，思索地看向我，又看看白莎，說道：「好，我就在這裡說。杜漢伯昨天晚上死了，是被謀殺的，是由點二二口徑自動手槍，從腦袋背後打死的，你們各位有什麼要說的嗎？」

孫夢四開始要說什麼。我說：「我們從新聞看到了，善樓。」

善樓說：「報上沒有——還沒有。」

我絕對確定地說：「是電台廣播的。」

「你剛才不是這樣說的。」

「我是那個意思的。」

善樓說：「好，我來告訴你一件事，有一家私家偵探社在杜漢伯被殺的時候正在對他下功夫，我們要找那偵探談一談。」

我看向白莎。「姓杜的？杜？」我說，好像在腦子裡找人。

孫夢四又開始要說什麼。我說：「警官，你怎麼知道有私家偵探正在對他下功夫？」

「好，我就告訴你我怎麼知道。」善樓說：「因為有人在他車上貼了一個電子追蹤器，這一類玩意兒是管制品，出賣的店我們都有登記，我和這裡的零售店一聯絡，你們猜怎麼著？他們一共出售了十二具，你們是客戶之一。我的部下紛紛去追那些購買這種牌子的汽車追蹤器的偵探社。至於你們這裡，由於有小不點這位仁兄在，所以我決定親自出馬來看看。」

「為什麼？」我問。

「因為，」他說：「我天生是你的剋星，你也天生是來折磨我的，我懷疑你是天經地義的，你不走正路。你老走斜路……現在我們先不必爭辯，我要知道你買來的汽車追蹤器在哪裡。我要看一下，你們都知道，這玩意兒有兩個部份，我兩個部份都要看。你懂嗎？小不點，兩個部份都要看！」

我說：「在公司車裡。在下面停車場。」

「好吧，」善樓說：「我們一起下去看一下，我就是要看看兩個部份是否都在。我們不問問題，不費口舌，警察是很忙的，看來你們也忙，你只要現在帶我下去，到你們公司車去，拿給我看你們買來的汽車追蹤器，兩個部份我都要看。假如兩個部份都在，我就滾蛋，你們做你們的買賣。」

我無可無不可沒興趣地對白莎說：「兩位，失陪一下。」

白莎開始要說什麼，我對善樓道：「宓警官，就這一點事嗎？你要見追蹤器的兩個部份。」

「就這一點事。」善樓說，想了一想，又加一句：「目前。」

「走吧。」我告訴他：「我們走。」

我轉向孫夢四說：「孫先生，請原諒我失陪一下。」

他清清喉嚨，好像要發表一篇宣言。

我一下經過善樓，走向門口。

「嗨！」善樓說：「你不可以這樣。」

「不可以怎樣？」我問。

「我是客人，你應該有禮貌，把門打開，由我先走，別以為你搶先一步可以先下去搞什麼鬼。」

「我能搞什麼鬼？」我問。

「鬼才知道你會搞什麼鬼。」善樓說：「我反正眼光離開你一秒鐘心裡都不踏實。」

他牽了我的手，二人走出白莎的辦公室，他把門用腳後跟踢上。

我們自電梯下去，直到停車場。我把車門打開，說道：「我把這東西放在座椅下一個空檔裡。」

我把髒兮兮的布包拿出來，把包布解開來，給他看追蹤器的兩個部份。

善樓低沉地咕嚕一下，說道：「好了，小不點，把它放回去，我只是查對一下，沒別的意思。」

「姓杜的是什麼人？」我問。

「一個有錢人，說好在汽車旅館裡等一個什麼女人。」善樓說：「有人放了一個追蹤器在他車上，我當然希望查出是誰放上去的。」

「查得出來嗎？」

「我們當然查得出來。」善樓說：「本市只有極少數的追蹤器出售過，過不了二、三小時我們就能把每一套售出去的都調查過，誰一定缺少了兩件中的一件，就是發報器，他就是我要找的人。」

「你不是要問我有關姓杜的人嗎？」

他大笑，把咬得濕兮兮的雪茄自嘴中取出，三個指頭拿住，以濕的一頭用作加重他語氣的工具。

「不必了，小不點。」他說：「我不要問你，你是一個很有意思的小渾蛋，你喜歡裝傻，你問問題，你問問題就得到回答，得到回答就有了消息，得到消息你就可以拿來賺錢。凡是到你手的消息，你都有辦法變出鈔票，假如我把所知的都告訴你，你就知道得和我一樣多，那就太多了。假如我問你問題，你就也問我問題，最後變成我在給你消息，而我自己反而得不到消息了。你現在給我回去，乖乖的回你辦公室，做個好孩子，不要來混這淌渾水。否則爸爸會打你屁股，爸爸要生氣打你屁股會比我以前打你的厲害得多。」

善樓轉身大步離開。

我走回辦公室。

孫先生望著我譴責地說：「我曾經兩次要告訴那警官，你對杜漢伯有興趣。」

我完全不懂，驚訝地看他，問道：「我對杜漢伯有興趣？」

「怎麼？當然囉。」

「我不知道為什麼你會有這種想法。」我說。

「你沒有嗎？」

我說：「你要瞭解，孫先生。我們別把事情弄擰了，你僱用我們，是要找出你辦公室什麼人把消息洩漏出去，我知道你認為杜漢伯是接受漏出去消息的人，但是我們絕對沒有受僱於你去調查杜漢伯，你懂了嗎？」

「這……」他猶豫著。

「假如你要我們去調查杜漢伯，」我說：「我們向你要的費用就完全不是那回事了。」

「我認為我們應該對那警官講清楚。」孫夢四理由不足，倔強地說。

白莎說：「去你的大頭鬼！唐諾，你瞎扯什麼東西，我也認為我們應該把真相告訴善樓的。」

「你們說，真相是什麼？」我無辜地問道。

「你知道。」

「我當然知道。」我說：「我來告訴你們，你們兩個人都急於把消息吐給善樓知道，這些消息他無權知道，警官無權知道私家偵探的客戶或委託人是什麼人，除非這個人的身分成為這個警官在調查案件的重要因素。

「在你的案子裡面，孫先生，你是一個企業的頭子。你對持有你公司股票的人有責任。任何時間，你向善樓一吐露你請了私家偵探在調查杜漢伯，他對你的整個事業會有不正常的看法。再說，他會告訴記者——像善樓那種地位的警官不能不給記者消息，即使他想保密也不成。

「想想看，你的股東在報上看到，你僱用了私家偵探在調查你的同行競爭者，而且在他被謀殺的時候，你的私家偵探正在跟蹤他，會有什麼想法？」

孫夢四的臉色自神氣活現一下變成可笑的尷尬和驚慌。「老天！」他說。

「現在你懂了嗎？」我告訴他：「我是在阻止你們兩個人胡扯出善樓不該知道的事。」

「我絕不會胡扯。」白莎死不認錯地說：「我反對你說我會胡扯。」

孫夢四想了一下，自椅中站起，走過來用他大而多骨的手和我握手。

「賴，」他說：「我應該向你道謝。」

「現在，」我說：「因為杜漢伯死了，再也沒有理由請我們來查你們公司的漏洞了。所以，任何人假如問你有沒有聘僱我們柯賴二氏私家偵探，你可以光明正大的說，你沒有。然後你可以回想似的說，我們過去曾替你做過一些工作，而且今後如果有工作，你很可能也會交給我們做。然則目前，任何案件，我們都沒有替你在幹。」

柯白莎生氣地說：「你想搞什麼？把我們自己開除掉？」

孫夢四轉向她說：「柯太太，你並沒有被開除掉。你們才完成了一件工作。我自己也正想向你提出這一點，這也是今天早上我過來主要的原因。」

「等一下，」白莎說：「別以為任何人騙得過善樓。一旦他發現我們買來的汽車追蹤器，有一個附件不見了，怎麼對付？」

「有不見嗎？」我問。

「豈有此理！」白莎向我喊道：「你不能不認帳，跟我胡扯有什麼用。他怎麼對你說？」

「他說叫我滾回辦公室，做我自己的事。他說他不要問我有關杜漢伯的任何事，也不要我問任何事。他說每次我和他談話，我總佔他便宜，弄一點消息出來。他要我滾遠一點。」

白莎張開大嘴，看著我，「你說我們的玩意兒都在，沒有丟掉？」她問。

「假如不是兩個東西都在，你認為我會在這裡，還是在總局？」

「他奶奶的！」白莎說。

孫夢四一直在思索，「我可以確定賴沒有錯，柯太太。」他故意小心地說。

「你認不清善樓。」柯白莎冷冷地說。

孫夢四把十指指尖對在一起，兩眼看向白莎，說道：「善樓也認不清我呀。」

我伸伸手腳，打個呵欠，走向門口，一面說道：「兩位假如原諒我失陪，我要去做自己工作了。」

柯白莎說：「唐諾，不管你怎麼說，我要打電話給善樓，我要以我自己立場，告訴他……告訴他……」

「請便。」我說，我看到孫夢四的臉上升起冷冷的怒意。

白莎說：「我要告訴他，我們有一位客戶，他對杜漢伯有興趣。」

孫夢四說：「我建議你柯太太不必做這種傻事。」

「你要明白。」白莎說：「假如警方對我們不滿意，我們是無法生存的，我們要是不規規矩矩做生意的話，連執照都保不住。宓善樓在辦一件謀殺案。他知道有個私家偵探社在對姓杜的下功夫——」

「他怎麼會知道的？」孫夢四打岔地問。

「因為那電子追蹤器。」

「那就由他自己去找，什麼人家少了一個追蹤器。」孫夢四說。

「說得有理。」我說，點點頭。

白莎的嘴唇緊緊閉在一起。「你們一對貨，腦袋有問題。」她說。

孫夢四說：「對不起，柯太太。我不太習慣女人用這一類詞彙。」

白莎現在真生氣了。「是你來找我們，要我們服務的。」她說：「我們給你服務，你管我用什麼詞彙講話！少跟我來這一套，也別管我怎麼辦我的業務。我管我自己打電話給宓警官，我一定要把這件事始末告訴他。」

「這樣你就違反了職業道德。」孫夢四說。

「這是一件謀殺案，把宓善樓搞毛了可不好玩。」白莎說。

孫夢四轉向她。他的小眼睛又冷又無情，他說：「假如你違反保密義務，告訴警方有關這件事的任何一點，我就控告你違反行規。」

他向我們鞠躬，大步走出辦公室，裝得很神氣，有如公司董事長開完董事會一樣。

「狗娘養的！」白莎說。

「我？」我問。

「他！」白莎說。過了一陣，她想想，又加一句：「你也是！我覺得是你在左右孫夢四的思想，你自己可以看起來沒有事。我不知道你向善樓變了什麼戲法，給他看了什麼鬼東西，但是我敢和你打賭，那隻在杜漢伯車上找到的甲蟲，是我們的甲蟲。只要不找到我頭上來就好。現在你給我滾出去。」

我離開她，走到我自己的辦公室，對卜愛茜道：「愛茜，我要你掩護我。」

「為什麼？」她問道。

我說：「你要記得有一個年輕女人，很好聽的聲音，打過電話進來找我。她說她有關係著我在調查案子的重要消息要告訴我，要我去昨晚和她見面的地方去見她。」

卜愛茜搖搖頭說：「行不通的，唐諾。」

「為什麼行不通？」

「他們會問我們自己的總機小姐，有沒有聽到一個——」

「我們總機小姐會不知道任何事的。」我說：「那女人只是要求接到我辦公室。是你接的電話，她告訴你，她為什麼要見我，於是我去追查這條線索。」

愛茜說：「沒有電話打進來的記錄呀。」

「怎麼會？」我說：「你下去。在下面你打個電話進來說要找我。她不會記得你不在辦公室的，尤其你假如從側門出去。」

「她聽得出我聲音。」

「你假裝一下，說快一點，好像很緊張，她就聽不出。」

「她會記住這條線佔了多少時間的線。」愛茜說。

「去吧，」我說：「別太顧慮這些小地方。我會不斷講，講到合宜的時間再掛斷的。」

愛茜猶豫了一下，從側門出去下樓。

過了一下，電話鈴響。

我拿起電話，說：「哈囉。」

卜愛茜的聲音說：「賴先生，我有一個內幕消息給你。請你現在馬上到昨天和我在一起的地方來。」

「什麼重要消息呀？」我說。

「重要得不得了。」

「有意思。」我說：「你有沒有聽到最近有什麼好故事？」

「唐諾，別這樣。」她說：「有的時候她們會偷聽的。」

「我們有規定，偷聽要開除的。」

「沒有，最近沒有聽到什麼好故事。」

「好了，我們講夠了。」我說：「你可以回辦公室來了。記住，有人問起，我是聽到一個重要線索，辦案去了。」

「唐諾，你是不是又淌進什麼渾水了？」

「沒有呀。」我告訴她：「我是想淌出渾水，至少我希望如此。」

我掛上電話，拿起帽子，一溜煙走出辦公室。

第十章　偷窺狂案件

我知道，要不了二、三小時後，我會比火爐的蓋子更熱。所有洛杉磯的警察都會來找我，說不定還會對我發出全面通緝令。

我盡可能改變自己的聲音，打電話給自己偵探社要找賴先生。

總機小姐說：「我給你接通他的秘書。」

過不多久，卜愛茜來聽電話。

「嗨，愛茜。」我用我本來聲音說。

「唐諾！」她吃驚道：「白莎自己把自己綑住了，宓善樓在她辦公室裡。我想有……這裡有一大堆的麻煩。」

「還會有更多的呢。」我告訴她：「愛茜，你聽著，你還記得剪下來的報紙裡有汽車旅館偷窺狂的兩件案子嗎？」

「記得，我留在剪貼簿裡，只是用來……」

「沒關係，」我說：「把它找來，我要這個女人的姓名。」

「好，」她說：「我馬上可以告訴你。」

「不要讓任何人知道你在幹什麼。」我說：「假如白莎或是善樓來辦公室，你就把電話掛了，假裝在剪貼好了。」

「好，稍等一下，唐諾，不要掛斷。」

我守住電話大概十五秒鐘的樣子，愛茜回來說：「唐諾，找到了。那女人是戴安妮，二十六歲，住在聖塔安納靈心公寓三六七室，她在日泳汽車旅館過夜。」

「夠了。我知道了。」

「唐諾，請你多保重。」

「保重已經太晚了。」我說：「水已經淹過頭了，除了開始游泳，沒有好辦法了。」

我掛上電話，租了一輛車，開到聖塔安納，找靈心公寓。

沒有錯，三六七室住的是戴安妮。

我按門鈴，門裡面鈴聲響起。

一會之後，房門打開。一個很好聽的聲音說道：「誰？」然後突然倒抽一口冷氣，停在那裡。

那停住在門口，驚愕地瞪著大眼看我的年輕女人，是凌珮珠。

「唐諾！」她說：「你真有本領，你怎麼能找到我在這裡的？」

「怎麼啦？」我問道：「你不該在這裡嗎？」

「這個……這個……事實上，這個不是我正式的……」

她停住，迷惶了。

「我知道。」我說：「這是個隱藏所。」

「唐諾，你……你要幹什麼？」

「目前，我只要進來和你聊聊。」

她猶豫一下，把門打開。「好吧，」她說：「進來吧！」

公寓是極高級的，起居室佈置得非常舒適，一扇活動短門通往廚房，另一扇門應該是通往臥室的，有私人陽台及落地長窗開向起居室。

我說：「我一直在想，那塊地你開的價格。」

她指向一個沙發，自己背對著我一陣子，而後轉回來。我看出來她曾咬了一陣嘴唇，眼中充滿了驚慌。

「唐諾，怎麼可能——我想你跟蹤我，但是我發誓你不可能。我十分小心的。」

「為什麼？」我問。

「我——好吧，你要什麼？」

「我只要告訴你，你出的價格，我接受了，那塊地租給你了。」

「我抱歉，唐諾。我真的很抱歉。」

「怎麼啦？」

「時效過去了，一切作廢了，我的原則——」

「你到底是不是在做房地產？」

「不是，不完全是。」

「我能不能問，你到底是做什麼工作的？」

「唐諾，請你……請你不要整我，爽快地告訴我你想要什麼？」

我讓自己臉上掛上驚訝的表情。「你問我向你要什麼？為什麼？我當然是來談租金的。」

她不能確定、集中思想地看我的臉，細察我的用意，然後她說：「唐諾，我對這件事十分抱歉，事實上我對整件事情十分抱歉。我有一個人在指揮著工作，他對我說了一個不合理的價格，要租一塊拐角地。但是我現在知道整個事件是誤會，是弄錯了。假如我給你任何錯誤的概念，希望你能原諒我。唐諾，我願意做任何事來補償你的損失。我抱歉，好了吧。」

她說話很快，我知道她是為了別的事情在說謊，希望我不注意到別的事。

「沒關係，珮珠，」我說：「為什麼要對我用個假名字呢？」

「那是因為……因為——喔，唐諾，你突然來這裡，把我弄糊塗了。我——好吧，唐諾，我給你老實話。有人派我來看你，目的是為了那塊地。我自己不願意把真實姓名告訴你，珮珠是我真的名字。那個要我代理來談租金的男人——他現在不幹了。」

「你不論什麼價錢都不要了嗎？」

「很抱歉，唐諾。不論什麼價錢我都不能要了。」她說：「唐諾，做個好男孩，把這件事……整個都忘了，好嗎？」

她向我走近過來，站在我前面，低頭向我看，又說：「唐諾，請你幫個忙，把所有事都給忘了……來吧，唐諾，你不能在這裡耽了，我……我要出去了。」

我看看她身上的家居睡衣，把眉毛抬起。

「我還要換衣服。我和美容院已經約好，我要換衣服了。」

我說：「珮珠，你為什麼現在不要這塊地了呢？」

她說：「唐諾，你應該明白，我說過的。我代表的那個男人——他不幹了。

他任何價錢都不要了，他在別的地方找到他要的地了。」

「你代表的是一個男人？」

「當然，我自己哪能有那麼多錢。」

我伸手向這公寓四下一比說：「你過得滿不錯的。」

她想說什麼，自己控制住了。

「唐諾，拜託。」她走過來，把她的手給我，把我從沙發上拉起來，看著我的眼睛，突然偎向我懷裡，她說：「唐諾，你是好人，你……能瞭解的，是嗎？」

「我想是的。」我說：「我——」

「唐諾，你真好，你是好人。今後我會讓你知道，我有多麼多麼的感激你的體諒。但是現在你一定要離開了。」

她把我帶向門口，替我開門。「也許以後我們可以常常見面，唐諾。也許還會有什麼生意，我的代表可靠，一點不會黃牛的。」

「還是為那塊拐角地？」

「任何地。」她一面說，一面用很輕的手拉著我推向門外走道，快快的把門關上。我聽到門裡面門閂一下閂上的聲音。

我站在門口靜聽，隱隱的我可以聽到裡面快快行動的聲音。然後我聽到撥電話的聲音。

我留在門外，仔細聽，希望聽到她講話，或是叫出一個人名字來。

顯然，她要的電話號沒有人接聽，所以過了一下她掛上又撥，仍沒有回音。

我走下走道，進入電梯，爬進租來的汽車開回城去。

第十一章 脫衣舞孃

房正宜有一個演員經紀公司，專門供應任何人臨時需要任何角色。假如你要找幾個光棍宴會女郎，正宜可以供應。假如你的鑰匙俱樂部要幾個脫衣舞孃，他可以供應。當然他供應的不會是一流的，但是他收費也不是最高的。

我已經知道房正宜很久了，他也認識我，但不是太熟。我在他辦公室找到他。很小一個房間，一張辦公桌，上面有四支電話。我知道其中三支是擺設。只有一支電話是可以打進打出的。他腳下有幾個鈕，踩下不同的電鈕，他可以叫桌上任何一支電話響起來。

牆上貼了很多照片，有大胸部的女人，穿很少的兔女郎，全裸或幾近全裸的都有。

「有什麼貴幹，唐諾？」他說。

我說：「我要找一個肚子很餓的脫衣女郎。」

「老天，她們每一個都是吃不飽的。」

「我要找一個特別餓的、急需工作的。我要一個可以經得起高級宣傳的，捧了不會捧不起的。」

「什麼意思？」

「我不要你給我一個老的或邋遢的。我要一個年輕、人品好的，身材過得去的。我要一個出道不久而不是老油條的。」

「你要她替你做什麼？」

「我要給她一點宣傳。」

「她要給你做什麼呢？」

「服務。」

房正宜在椅子上坐直。

一支作樣子的電話響了起來。

正宜說：「對不起。」拿起電話說道：「哈囉……是的，我是房正宜……喔，你決定了，嗯？……五百元一週……去你的。我說過少過七百五十元不幹……這個馬子不屬於五百一週那一級的，不可能，我……」

突然，他看向我，說道：「喔，算了，我忘了你是這一套的老祖宗了。」他把電話放回去，笑笑又說：「你要我替你聯絡，還是自己去找她聯絡？」

「我自己去聯絡。」

正宜用手指翻一堆索引，說道：「這裡有一個出道不久的。絕不會耍花樣，人品正點，年紀輕了一點。」

「多輕？」

「二十二。」

「再說說看。」我說。

他笑笑．「好啦，也許二十六歲，但是說她二十二可以騙得過去。她也自己只承認二十二。」

「什麼經驗？」

「這要看你對經驗怎麼解釋。」他說：「她開始時在小地方跳脫衣舞，大家說她很好，她也自以為不錯，要到大地方來混，以為容易。」

「有成就嗎？」

「我想還算可以，我沒有看過她脫，給她機會該有成就的。」

「什麼名字？」

「宋達芬。」

「再說說看。」

「我也只曉得她這個名字。」他說：「這裡，有她的地址，你自己去和她談。記住，有任何好處不要忘了我的一份。」

「不論她得到多少，你得百分之十，假如你有合同把她綁死的話。」

「合同是有的。」他說：「但是她比較活動，她不願安於原位，她認為我應該把她放到更好的地方去。她認為我應該做些事情使她成名。她每天來兩次電話——我想她是真的餓極了。」

「好，我要她地址。」

他自卡上把地址抄下，把寫有地址的紙經過桌面送到我手中。

「記住，」他說：「是我和『你』聯絡，安排工作的。不是『你的』意思。」

「我會那麼笨嗎？」我問：「絕不會過河拆橋的，尤其你一直很合作。」

「但願如此。」他說：「我們這一行不太好做，吃飽了忘了餓的時候的人太多了。你去吧，祝你成功。有困難可以叫她打電話給我。」

「我會利用她給你帶來一筆財富的。」我說。

我不敢再用我們的公司車，很可能已經有全面通緝令在找我和我的車子了。有一個極大的可能，在白莎給善樓打了電話後，善樓會想到舊金山的方向。他只要打個電話到電子偵查儀器公司舊金山分店，一切戲法都穿幫了。那個時候，他一定希望能親自拿一支機關槍把我打爛。

我叫了輛計程車，來到正宜給我的地址。這是一個掛羊頭賣狗肉的住處。門口掛了個公寓牌子，裡面事實上是個房間租月的舊雜院。

我爬樓梯到宋達芬的房間，敲門。

一個女人聲音問：「哪一位？」

「我代表房正宜。」我說：「我要和你談話。」

房門打開一條縫，深黑、熱情的眼睛盯住我在觀察。然後房門全部打開。

「你叫什麼名字？」她問。

「唐諾。」我說。

「還有什麼其他名字？」

「從來沒有過。」

「我們這樣開始，不太好。」她說。

「你再老一點就知道了，」我說：「怎麼樣開始沒什麼關係，怎樣結束才重要。世界上很多事情開始都蠻好的。」

房間裡只有一張椅子，她指示我來用它。她自己坐在床沿上，床墊比吐司麵包厚不了多少。她把兩腿叉交起來。

「想幹什麼？」她問。

「我管宣傳，」我說：「正宣說你需要宣傳。」

「喔，他終於想起來了，是嗎？」

「老天，」我說：「他倒是一直想到你的，但是想把一個人弄出名有多困難，你知道嗎？」

「這一點，我完全知道。這次是什麼詭計？」

我說：「這次是個極好的辦法，但是需要很好的演技，保證一砲而紅。」

「我演什麼？」

我說：「今天報紙看過了嗎？」

「別傻了。」她說：「報紙要鈔票買的，我早飯還沒吃呢。要是這個經紀人再給我耽誤下去，我三餐都快不繼了。」

我說：「我這不是來了嗎？」

「你來了有什麼好處？」

「第一件事，」我說：「我就是飯票。你可以叫吃的東西送上來嗎？」

「我怎麼會知道？」她說：「樓下拐角倒是有一家漢堡店。我聽你口氣很大，一定是件大工作。」

「是不小。」

「喔，我真想來個大漢堡和熱咖啡。」她說。

「來一塊大大厚厚的牛排，炸薯條如何？」

「你在開玩笑？」

「加個洋蔥湯。」

她立即站了起來，看看自己的腿，走到五斗櫃，拿出一雙絲襪，坐在床沿上穿上，把裙子翻上去，把絲襪拉高，自滿地看看自己的腿，說道：「我再窮一定也要保留幾雙好的絲襪。我這雙腿可能就是我將來吃飯的本錢。」

「是很好看。」我說。

「喜歡嗎？」

「當然，像一雙好腿。」

「儘量看，不必客氣。」她邀請道。

她又把裙子拉起一點。

我大大的飽了一下眼福。

「有什麼批評？」

「一雙一流的美腿，會給你帶來運氣。」

「不少人說過，但是我仍是我，沒名沒錢。」

「但是你已經到了大都市。」

「大都市。」

「現在準備去大吃一頓。」我說。

我們下樓，上街，走過香味實在誘人的漢堡速食店，走進一個有車廂座的餐廳。她要了牛排、洋蔥湯、炸薯條和咖啡，堅決拒絕了甜點。

「我的身材太重要了。」她說：「絕對要盯著眼看。」

「我也想。」

「想什麼？」

「盯著眼看呀！」

「你還沒真看到呢。」

「從已經看到的，就知道不錯了。」

「我也自認不錯的。」她告訴我：「假如有機會秀一下，可能會給我帶點運氣來。」

「好吧，」我說：「我們回你家去，我來給你說說我的計劃。」

她喝完最後一滴咖啡，滿足地站起來，和我一起走回去。

「說說看，我該做什麼？」她問。

「跳脫衣舞。」我告訴她。

「好極了，是我的老本行。」她說著沿了房間空地走，嘴裡哼著曲調，擺著臀部，手指移向拉鏈，眼光看向我充滿挑逗、煽動。

「我要另外一種特別的脫法。」我說。

「說說看。」她的身體繼續扭動著。

我說：「假如你看報紙，你會知道，海灘附近最近有一家汽車旅館，名叫日泳的，因為多次有偷窺狂光臨，發生很多麻煩。」

「這些混蛋。」她說：「偷偷的看別人對他們會有什麼好處？不知他們怎麼想的。一個女人在臥房裡脫衣服，突然看到外面有個陌生人在偷看，你想她們會邀請他們進來嗎？」

我說：「男人喜歡看女人脫衣服，否則你依靠什麼維生呢？」

「這種生活也不見得好。」她說。

「放心，今後會大大好起來的。」

「什麼詭計？」

「聽好了。」我說：「在日泳汽車旅館有好幾次的偷窺狂騷擾，警察沒有做太多事，他們派巡邏車去看過，也加強巡邏，但是看到有人在附近晃，不能說他就是偷窺的人呀。」

「說下去。」她說。

「昨天晚上，」我告訴她：「那邊出了樁謀殺案。」

「謀殺案？」

我點點頭。

「算了。」她說。

「什麼東西算了？」

「我說算了，就是不幹了。多謝你的牛排和洋蔥湯，你是個好人，見到你很高興，下次有其他計劃可以再請過來。沒有計劃，有鈔票請吃飯也可以請過來。」

「我看有鈔票請你吃飯的都是有計劃的。」我說。

「有計劃的人，不一定都有鈔票請吃飯呀。」

「閉上嘴，輕鬆下來，聽我講。」我說：「謀殺案使警察緊張起來。」

「我也是呀。」

我說：「警察要捉這個偷窺狂。」

「那是當然的。」

「他們不知道怎麼去找。」

「要我做什麼？帶他們去，指給他們看偷窺者在哪裡？」

「正是這主意，你指給他們看，他在哪裡。」

「多妙，我怎麼知道他在哪裡？」

我說：「你是魚餌，你是櫥窗陳列品。」

她要說什麼，自己約制住。「櫥窗陳列品？」她問。

我點點頭。「是的，櫥窗陳列品。」

她想了一下，慢慢的，笑容自嘴角露出。「唐諾，說下去，多告訴我一些。」

「就是這樣了。」我說：「今天下午你住進那汽車旅館，你忘了把後窗的窗簾放下。這旅社就是因為這個原因所以常有麻煩的。多數旅館窗都在前面，後面只有浴室裡磨砂玻璃的小通氣窗，這家旅社靠後面有個大窗。

「你一去就開始脫衣，動作不必太快，你脫一件衣服，磨蹭一段時間，弄弄頭髮，再脫件衣服，反正慢慢一件件的脫。」

「都脫完了又怎麼辦？警察會處罰我不當暴露的。」

「不會的，」我說：「你是在一間私人房間裡，你只是忘了把後面窗簾放下來，警方無權介入。」

她研究這種情況。

「假如沒有成效？」她說：「我又不能整夜慢慢的脫衣服，尤其是衣服脫完了之後，該怎麼辦？」

「你脫到你肯脫的程度之後，」我說：「你——」

「脫到了我『敢』脫的程度之後。」她說。

「好吧，隨你怎樣說。」我說：「脫到了你敢脫的程度之後，你去淋個浴。你淋浴出來快快的穿衣服。過幾分鐘你再開始脫衣服，不斷的脫脫穿穿，直到我們的朋友出現為止。」

「我們怎麼知道他出現了呢？」她問。

我說：「半條街之外有一個大旅社，我會去租一間面向日泳汽車旅館後院的房間，我會一直用望遠鏡看你的房間。任何人出現，向裡看，我會看到的。當我看到他，我把窗拉起，在室內亮一支紅燈。你在旅館中走來走去的時候，要不時的無意地用眼角向我這邊看一下，你看到紅燈亮了，你就知道這個人來了。」

「我怎麼辦？」

「你打電話給警察局，報告有個偷窺狂在偷看。」

「他會警覺逃跑的。」

我說：「業餘脫衣和職業脫衣是不一樣的。一個業餘的發現有人偷看，她會大叫一聲，奔向電話，她找東西遮蓋。你是職業的，你不會大叫，你不會跑向電話，你不會找東西遮蓋，你慢慢移向電話，電話的位置自後窗是看不到的。你的做法使偷窺的人還沒過癮——他留在那裡，你在打電話，他還會在外面等，你認為是不是？」

她點點頭。

「憑我的本領，只要他看了開始，他會釘住在地上，等我走回到他看得到我的地方去。」

我說：「你盡量表演，那個偷窺狂會出現。」

「之後呢？」

「之後警察會來，會把他捉住。」

「之後呢？」

「之後他們會去敲你的門，他們會對你說：『小姐你不應該開了窗脫衣服的，這一點你都不知道嗎？』」

「我怎麼回答？」

「你說，你是故意在幫忙警察設一個陷阱要捉住這個謀殺犯，如此而已。你說你的朋友房正宜認為這是一個非常好的宣傳。就說房先生認為用你脫衣舞的能力，把一個謀殺犯留住在後院，直到警察趕來，對本市是一種貢獻，對你自己是一種宣傳。」

「就在這個時候，房正宜拿起電話對記者說：『夥計們，現在有個大新聞，脫衣舞專家設計獨擒了偷窺狂。』」

她想了幾秒鐘，她唇角的微笑，漸漸擴大成真正的笑容。

「有意思嗎？」我問。

「太有意思了，我喜歡。」她說。

我站起來，走向門口。

「要我預演一下給你一個人看嗎？」她問。

「不必，我對你有信心。」

「你還沒有看過呀。」

「今晚上我會見到的——用我的望遠鏡。」我說：「這裡有二十塊錢，給你做零花錢。」

我把二十元放在一張雜木的小桌上，伸手開門。

她笑得很高興，給我一個飛吻。

我走出去，租了一輛車，開向在海濱的旅社。

我一進去就知道這旅社為什麼生意不好了，地段很好，設備也好，只是租金貴了百分之兩百。

我環顧這旅社，空房間很多。職員要給我一間面陽光向海的房間，我告訴他我出不起這個租金，要他給我一間背著陽光背著海的。即使如此，我還挑剔了好幾個房間。

最後，我選了我要的房間。

我打電話到宋達芬住的地方，告訴她可以準備我來接她了。

我開租來的車，回進城去接了她，把她帶到日泳汽車旅館。我自己戴了墨鏡，車中也放了不少行李箱子。

「我們最有利的是九號房。」我對達芬說：「你可以進去選一下，可以挑剔一點，最後決定要九號，就說空氣好一點好了。」

達芬很會作戲，經理在她看過三個房間不滿意後，有一點不耐煩，達芬將就地接受了九號房。

第十二號房門窗緊閉，窗簾垂著。警方已經無人在看守，顯然搜查工作已結束，也許是因為地毯上觸目驚心的紅色印漬尚在，旅館暫時不能把它出租。

旅館經理問：「你先生辦住店手續嗎？」

達芬笑笑說：「家中大小事只有我會辦，我先生只懂付錢。」

她伸出手，我把鈔票往她手裡放。

我們取了鑰匙，回到房子前面，我把行李拿下來。行李裡都是舊報紙、舊電話簿，但是看起來蠻像樣的。

達芬走向後窗，向外看出去，她說：「怪不得這裡會有人偷看。」

我點點頭。

「現在我們做什麼？」她問。她開始走動，哼著調子，搖曳著臀部，她的手慢慢地向後伸向拉鏈。

「有沒有再想吃點東西？」

「我的胃說可以，腰身說不行。」

「我們還太早，」我說：「不要讓經理起疑心了。」

「你什麼意思還太早？」

「離工作的時候還太早，我們還要等不少時候。」

「好了，」她說：「我坦白一點問你，你準備什麼時候向我下手呢？」

「我不向你下手。」

「為什麼？」

「因為我有很多事需要想一想。」

她說：「我胃裡東西沒消化完，假如你講的是真的，我還想小睡片刻呢！」

「我講的是真的。」我告訴她。

她把拉鏈一拉，就當了我的面把衣服脫下。她用的是舞台上有誘惑性的熟練手法，她的手指有如在撫抱自己的曲線，她不是把衣服從身上脫下，而是身體自衣服裡蠕動而出。

「嗨！」我說：「剛才說的只是臨時決定，不要太引誘我了。」

「你哪裡見到什麼啦？」她說。

她把衣服向衣架上一摔，把高跟鞋踢掉，慢慢地把絲襪脫去，走過床去，躺了下來。

「幫我蓋一下，唐諾。」

我拿條毯子替她蓋起來。

過不了幾分鐘，她像個孩子一樣入睡了。那麼天真，沒有心機，連年齡也可以少看五歲。正宜說她可以冒充二十二歲我真可相信了，何況她的身材真的是第一流中的第一流。

過不多久我自己也太累了，我把鞋子脫掉，向沙發上一靠，過沒有兩分鐘我也睡著了。

醒回來的時候已經相當晚，天已經黑了。她半靠在床上看著我，旅館的霓虹燈一閃一閃照出她臉上在微笑。

「唐諾，有件事。」

「什麼？」

「我不相信你真的這樣好。」她走過來，摸摸我頭髮，又說：「唐諾，我希望這一招會成功。」

「會成功的。」我告訴她：「放心。」

第十二章　久經訓練的職業表演

我離開汽車旅館，回到我住的旅社，把燈開亮，拖一把椅子到窗口，把望遠鏡調整好，在一支手電筒上裝上一片紅的濾光片，把手電筒放在手邊，自己在椅子上舒服地坐下，把望遠鏡對好汽車旅館九號房亮著燈的後窗。

差不多是十五分鐘之後，宋達芬依照我們約定開始工作。

這女孩是個專家。

她開始脫她的衣服，每脫一件衣服大概平均花了十五分鐘。她站在一面鏡子前面，沉迷地欣賞著自己的身體，好像她的女性曲線是她降生到地球上來唯一的一件大事。

脫掉了外面的衣服，她脫襪子。一次脫一隻，把玉腿高舉到椅背上，把襪子小心地朝下捲，很順溜的，然後又在房裡走來走去。

這時候，誰都看得出來這位女士是在把衣服脫掉，而且準備脫光，任誰只要在看都會被催眠住。

即使我明知這是久經訓練的職業表演，而且她是刻意的在做作，但是我仍把望遠鏡緊緊的壓在雙眼中。突然間，她轉身給這邊一個飛吻，我知道她明白我在用望遠鏡看她表演，飛吻是給我的。雖然知道飛吻是給我的，我還是很生氣。這次她的目的是釣魚，她表演的是在旅館房裡脫衣服的女人，不是台上的舞孃，她這個飛吻可能會把事情弄糟的。

我想給她一個電話，讓她知道她不必向我賣弄風情，只要乖乖做個餌就好。

我也瞭解這是她習慣之一，一次表演即將結束，不久之後她又得從頭脫起再來過了。

就在這時候，我看見他了。一個偷偷摸摸，男人頭的影子，壓在窗上，然後退到看不見的地方。我仔細看可以見到他在後院窗旁慢慢移動，又出現在光亮的窗邊。

我等到宋達芬臉向我這方向的時候，把手電筒按亮，維持了三四秒鐘，然後熄去。

她很自然，不快不慢的移動，離開視線，正好足夠打個電話的時間，然後她又出現在鏡子前。

天知道她用什麼方法拖住了嫌犯，使他忘記危險，樂而忘返。從望遠鏡裡看她，連我也把偷窺狂是不是還在她身邊的事忘了，我也變成偷窺狂了。

在後窗偷窺的人現在完全忘我了，他站著一動也不動，我自背後可以看到他的頭和肩在亮的窗上造成的影子。

宋達芬站在鏡子前，兩眼自鏡中看著自己的肉體，有點像在清點貨品。

突然間，來了一陣騷亂。兩個人影自兩面出現在光亮的後窗銀幕上。偷窺狂聽到聲音，掙脫一個人，開始奔跑。

宋達芬跳起來站直。

她走到窗口，向我住的旅社方向送來另一個飛吻，然後裝腔作勢地把窗簾拉下。

今天的工作暫時告一段落。我設了一個陷阱，捉到了什麼獵物。我明天早上再讀報一定可以知道詳情——假如能自由到明天早上，不被他們捉進去坐牢的話。

我坐在黑暗的房間裡，反反覆覆地想。凌珮珠，用戴安妮的名字，在聖塔安納靈心公寓住；日泳汽車旅館有個神秘的偷窺狂；杜漢伯被人謀殺；石依玲在貝林鎮和她兒子在一起。

我在想應該不該去貝林看看她是否安全。

突然，有人敲我房門。

我僵住了，顯然我自己的掩護不夠充分，但是現在耽心已經太晚了，沒有用了。

我走向門口，問也不必問把門一下打開，準備宓警官一把攫住我領帶和領口，把我拉出門，問我還敢不敢耍花樣騙他。

宋達芬站在門口，滿臉得意的笑容。

「你看我夠不夠好？」她問。

第十三章　宣傳手法

「成功了，我們成功了。」宋達芬說：「告訴我，唐諾。我會得到這些宣傳嗎？」

「你會得到宣傳的。」我告訴她：「但我先要知道那邊發生什麼情況了？」

「發生什麼情況？」她失望地大叫道：「你不在看呀！老天，這是我跳得最好的一次脫衣舞。」

「脫衣舞是看了。」我告訴她：「我要知道之後發生的事。」

她站得很近，她伸出右手摸摸我臉，左手替我順順頭髮。眼睛發亮熱情地看看我，一心在想即將來到的第一版宣傳。

「喔！唐諾，」她說。我把門關上。「你是一個天才。」她告訴我：「想得出……」

「不是我，」我說：「房正宜想出的這個方法，不是我。」

「嘿，騙誰。」她告訴我：「姓房的永遠想不出這種點子，你一直在這樣說，我就跟了你的意思玩玩。唐諾，剛才我演得好不好？」

她走過我房前，走到窗口，自窗口望向下面的汽車旅館。然後她拿起桌上的望遠鏡，看向亮著的房間。

「原來你可以看得那麼清楚。」她高興地說：「唐諾，跳得好不好嘛？」

「好得不得了。」我說。

「你看到的真的是經過專家指導的玩意兒，每個女人都能脫衣服。但是要叫看的人心癢癢，眼直直，就需要經過很多的訓練。我是真正科班出身，下過很多苦工的。」

「你成功了。」

「你有沒有心癢，唐諾？」

「心癢，眼直。」

「我相信你用望遠鏡看起來就好像伸手可以摸到我一樣。」

「不行，我看到你那邊後窗的窗框和裡面的簾子。」我說，又改變話題：「假如你想趕明天早報，你該告訴我那邊發生了什麼。我才能打電話給房正宜，也許來得及招待記者。」

「然後記者會怎麼辦？」

「你等一下留在這裡，聽我和房正宜打電話好了。」

「別以為我會錯過這節目。」

「警察有沒有問你問題？」

「很少，很少，他們太急著要找那個偷窺狂，所以捉到了他其他什麼都不理了。他們大概是真的真的急著要捉到他了。」

「到底是什麼人？」

「一個很特別的傢伙，名字叫龐路圖的。」她說：「名字是不會錯的，他還帶了駕照的。告訴你，警察都快把他撕成一片片了。我穿好衣服後，他們就把他帶進來了，要我指認他。」

「你能不能指認他呢？」

「當然能。」

「你看到他臉了？」

「我看到他臉了，」她說：「但是他不止看到我臉。」她大笑：「你應該從他前面看他的，他兩隻眼睛都快凸出來了，我真怕它們會掉下來。他站在窗邊，完全被迷住了，根本沒有想到光線正好照在他臉上。他嘴巴張得大大的——可以塞下一個蘋果。老天！我給他看太多了，把他催眠到人事不知了。」

「姓龐？」我說：「他是幹什麼的，你有沒有弄清楚了？」

「都弄清楚了。警察把他帶走之前，問了他很多問題，他都不加思慮老實說了——都是為了你呀，唐諾。」

「什麼意思？都是為了我？我告訴過你，都是房正——」

「我不是這意思，唐諾。我說他在那一帶徘徊，是因為你賴唐諾的緣故。」

「喔？」我問道。

「嗯哼，他是一個電報支局的經理，不是一個大的支局，但是所在地點似乎滿重要的，因為有個宓善樓警官也住在那個區裡。」

我突然坐下，一陣冷意自背脊昇起，有如輸血輸錯了血型，又如把冰水注入了血管，我勉強控制情緒，「又如何？」我問。

「好像這個姓宓的警察，曾打過電報給一個在舊金山的什麼電子公司，把你的形容和你的姓名告訴他們，問他們你有沒有在四十八小時之內，向他們買過一套汽車追蹤器。他得到一個回音說是有的。」

「姓龐的說我什麼了？」

「他說你是在亂追他辦公室的一個僱員。他認為你和那僱員準備在日泳汽車旅館幽會，因為善樓在他辦公室發過一通電報，說有一個張羅達在謀殺案那天晚上曾在日泳住，而張羅達很像是你的樣子。

「據說張羅達單獨一個人，沒有太太在一起，也沒說太太會後來，所以女管理員有點好奇，對他的外型特別有印象。後來警察問她在出事那個晚上有沒有其他特別的事發生，她記起了你曾在那裡，沒有帶太太去。無論如何，這個姓宓的警官他知道了，知道出事那夜，你也住在那裡。」

「說下去。」我說。

「姓龐的見到這些電報，認為你是準備和他手下的僱員住店。她的名字……我……我記性不太好，唐諾。」

「姓韓？」我問。

「是的，」她說：「姓韓，我想起來了，叫韓梅。他一直叫她叫得像日本名字，梅子。無論如何，他去那汽車旅館是去偵察一下的，沒想到首先入眼的是我對了鏡子在跳脫衣舞——當時，他當然不知道我在跳舞，他只看到一個美女在臥房脫衣，反正整個故事就是如此。」

「警察有沒有相信他？」

「老實說，我不知道。他們叫他講，講完就帶走了。」

「他們沒有問你問題嗎？」

「沒有。他們告訴我叫我把窗簾拉下，又謝謝我報警。說我在發現有人偷看後能鎮靜地報警，又能在報警後繼續脫衣，非常難得，我告訴他們不如此不可能把他留到警察來捉他。」

我點支菸讓自己鎮靜一下。

「那個姓宓的警官有沒有自己到場？」我問。

「有沒有到場！」她大聲道：「他當然到場，他打了個電話給……一個人。唐諾，你是不是另外有一個合夥人，一個女人……叫做……嗯……很大一種動物一樣，白鯊。柯白莎。」

「是呀，怎麼啦？」

「善樓打電話給她，嘿，他對她真凶！他說他保護你是為了她的緣故，現在到了頭了。你是個私家偵探，是嗎，唐諾？」

「嗯哼。」

「我是覺得你來得突然。」她說：「但是你帶給我食物，也使我信心大增。在我最低潮的時候，你來看我。老實說，唐諾，你出現之前我正想服安眠藥自殺——只是我手邊沒有安眠藥。現在我是個正常、有進取心，自覺有前途的女人，像隻貓，隨時準備伸爪子。」

她又開始哼一種小調，伸手向後背的拉鏈，臀部跟了她哼的曲調搖曳。

「看看我，」她說：「每次我開始要脫衣，我都很認真。唐諾，這個曲調是我常用的曲調。我一聽這曲調就會自然的動起來，就像這樣——我走著脫著，臉上自然會有笑容。

「我會把拉鏈拉下一二吋，然後猶豫一下——像這樣——好像想改變主意。之後再拉一點——」

我拿起電話，對總機說：「給我接房正宜先生。」然後把房正宜的家裡電話告訴了她。

宣傳對脫衣舞孃是最大的強心劑，她停止脫衣，靜靜地準備聽我要說什麼。

當我接通了房正宜，我說：「好了，正宜，你的方法靈光了。」

「你在說什麼呀？」他問。

「少裝傻。」我說：「你想出來的主意，把你的脫衣舞孃安排到一個汽車旅館，使警方捉住了可能是謀殺兇手的偷窺狂。」

「真有這件事？」房正宜說：「靈光了嗎？」

「靈光了。」

「這傢伙現在在哪裡？」

「警察總局，不過暫時他們不會讓任何人知道這件事。」

「我的舞孃在哪裡？」

「和我在一起。」

「你又在哪裡？」

我把旅社和房間號一起給他。「帶幾個記者，現在就來。」我說。

「幫幫忙，有點良心，」他說：「這時候找誰去？找到也趕不上晨報了。即使把手邊這女郎的舞照都發去也來不及了。再說他們有誰肯開車來海濱——」

「動起來，」我告訴他：「這是件謀殺案，這個偷窺狂是全案最大的一個線索。警察會把他藏起來，直到找到更多的事實和證人。

「你不是求人來發佈新聞，你是幫記者忙，給他們一個火辣辣的新聞。一件謀殺案的新發展，絕對是封面第一條新聞。『職業舞孃後窗脫衣，警察擒住謀殺兇嫌』。你看怎——」

「老天，我沒想到這個角度。」

「現在想一想，還來得及。」

「再說一遍，你們在哪裡？」他說。

我又告訴他旅社的名稱和房間號碼。

「好呀，真有勁！」他喊道：「這會把她捧上天去，給她和我帶來財富，而且大家會相信我的宣傳手法。」

「他們拍她在汽車旅館裡的照片，」我說：「讓他們拍那男人站的地方，尤其是那男人站在那裡可以看到多少的照片。你要叫你的舞孃告訴記者她根本不在乎男人看到她多少，因為她是個職業脫衣舞孃，但是她知道一般女人發現色狼在偷看時會有什麼反應。

「所以這位勇敢的美麗的小女人，決心設一個陷阱要幫助警方——」

「懂了，夠了。」他說：「不必你教，你這一套是我的專門。」

「很高興你這麼說。」我告訴他。

「長話短說。」他說：「這是一生最重要的時光，而且時間迫切，我都有點慌了手腳。我要把它好好宣傳！照張相，從院子裡經過後窗照進房子裡，一個女人在鏡子前脫衣服。胸罩、三角褲，和天大的宣傳。快，把電話掛斷，我要馬上打電話召記者！」

我把電話掛斷，向達芬說：「一切照計劃進行，他們馬上會趕來。」

「他們要多久才能趕到呢？」她問。

「他首先要說服記者這是個真的新聞，不是為宣傳騙他們的。然後記者要開車下來，多半一小時到一小時半，他們會到。」

她又開始哼那個小調，把手伸向背後的拉鏈。

「他們到這裡的時候，」我說：「會發現你是一個人在這裡，我早就走了很久了。」

「唐諾！」她譴責地說。

「我現在必須溜了。」

她說：「我想你這人有毛病，對看到的不感興趣。」

「沒毛病，很感興趣。」我說：「但是我太忙了，我實在有事。」

「我很感激你，唐諾。我……從見到你就對你很有意思，我現在就是來告訴你我多感激你的。大概是因為肚子很飽，又經過那麼多緊張……我感到目前不應該獨處。」

「我認為是剛才你脫衣舞脫得太入戲，所以現在還有餘味的關係。」我說：「我看得出你跳舞的時候只想到觀眾。」

她咯咯笑道：「是你讓我想到觀眾的，唐諾。我在裡面的時候一直在想著你，我不知道你的望遠鏡那麼好，我還怕你看不清楚呢！」

「謝了。」我說。

「謝什麼？」她問：「為了我給你看那麼多？」

「為了你說我的望遠鏡好，」我說：「我再告訴你一次，整個宣傳計劃是由房正宜想出來的。任何人問起賴唐諾來，你見過他，如此而已，但是整個計劃是房正宜的。

「這一點一定要記住，房正宜是專替你們做宣傳的，他知道什麼人可以捧。捧出名了，也只有他可以把它變成鈔票。你當然不會和他不愉快，你要向他表示感謝。」

「唐諾，我也不是笨人。我會讓他知道我感激他的——事實上我是感激的，但對他是業務上的，我對你卻不一樣——」

「你可以感激我。」我說：「但是千萬別提我的名字，萬一警方問你，你當然不能說謊。你要把事實告訴他們，但沒有問的不要主動回答。記住這是你第二次宣傳的好機會，多給他們看一些這裡，那裡的就可以了。」

「他們會讓我在旅館脫衣服再照相？」她問。

「記者們會這樣請求，你要合作得快。因為一旦他們知道他們手裡的新聞是什麼東西，他們會先打電話回去，編輯會把第一版抽掉，然後急著要他們把稿紙送回去。」

「喔！」她高興得亂跳：「老天！我覺得我全身都是曲線。」

「這種感覺是好的。」我告訴她：「可以使你的表演紅透半邊天，現在你在這裡等記者。」

她走向窗口，又望向汽車旅館。她嘴裡哼著原來那首小調，臀部跟了音調搖曳著，她反射性地把手伸到背後去摸向拉鏈。

我伸手到桌上拿起望遠鏡，溜出門去，把門輕輕自身後帶上，急急走向電梯。

第十四章 棕櫚泉

午夜時分，我把租來的汽車開進貝林鎮。

我目前尚不願被警方注目，但是我只有一個方法可以找到石依玲，這個方法尚且很容易被人認為是遊蕩、行為不檢而報警。我開車進第一個見到的汽車旅館，在裡面繞一圈，每個房子前面的車子都看一下，又開車出來。遇到第二間汽車旅館，又重複這樣來一次。雪佛蘭車，牌照號ＲＴＤ六七一，停在十號房的前面。

這家汽車旅館還有一個空房。我就租了下來，把我車停好。我等經理把霓虹廣告熄掉，等到他已經上床，我走到十號房，輕輕敲門。

運氣很好，依玲顯然沒有睡著。我聽到床上移動的聲音，腳著地的聲音，然後是她緊張的聲音問道：「什麼人？」

「是唐諾。」我說。

她把門打開一條縫。

「唐諾，」她說：「我穿著睡衣。我——」

「有睡袍嗎？」我問。

「沒有，我沒帶，我——」

「包個毯子。」我低聲說：「我有要緊事，一定要見你。」

「等一下。」

她走回床去，再過來時，身上披了一條毯子。

「不要開燈，」我告訴她，聲音儘量降低。

我走進去，把門自身後關上。

「這裡牆壁薄得很。」她低聲道：「別人會以為我半夜……有人來看我。」

「沒關係。」我告訴她：「別人看你一個人來登記早就知道會有人來看你的，不要使他們失望了。看到報紙了？」

「有。」

「明天早報會有更多。」我說：「你會發現警方在找我。」

「找你？」

「是的，」我說：「聲音要輕一點。」

「但是，他們為什麼要找你呢？」

「不找我就要找你了。」我說：「我假如站出來，把你的事告訴警方，他們就來找你。再不然我就要站在後面，不讓他們找到。」

「但是他們怎麼會知道你的事？」

「你會在報上看到的。」我告訴她：「我現在沒有時間解釋，我從報紙上看到杜漢伯沒有活著的直系親屬。」

「我也看到了。」

「本來知道嗎？」

「不知道。我知道他非常寂寞，他也對我說過沒有近親可以來往。」

「就快有表兄表弟、姪子姪女或隨便什麼一表三千里的親戚出來了。」

「你什麼意思？唐諾？為什麼——為什麼半夜三更把我從床上拖起來，問我這個問題？」

她坐的是床邊，窗外進來的一點點燈光，照著她無助、焦慮的臉色神情。

「你自己想想看。」我告訴她：「你的兒子是杜漢伯的兒子，私生子——是沒有錯，但是總是他的血親。」

她憋著氣說：「唐諾，你的意思……這會有用嗎？」

「當然有用。」我告訴她：「只是需要各種不同的證明才行。證明恰當，對你的兒子就不同了，對你也就不同了，當然對冒出來想分一杯羹的遠親就太不利了，所以他們一定會和你爭破頭的。」

「你說他們會把我拉進去算一份，還拉我兒子進去？」

「天！」我說：「你別天真好嗎？他們要拉你進案子去，把你撕成一片片，他們要替你訂做一個謀殺案。他們會說你在勒索他硬說孩子是他的——簡短來說，情況會非常困難。」

她坐在床沿上，毯子包在身上，想著整個事件。

「那麼我該怎麼辦呢？我有什麼好辦法嗎？」她問。

「有，」我說。

「你能幫我忙嗎？」

「我能試著幫忙。」我說：「但要冒不少險，只要我能避免警方的掌握，我就能操縱大局，一旦被警察捉去了，我就沒有辦法了，目前我還要你幫一點忙。」

「什麼？」

我說：「你一直留意著杜漢伯的一切，你注意著他在幹什麼，當他和你在一起的時候，顯然他都是聽你的。

「你瞭解他。他知道——你瞭解他的問題，你同情他。我認為你還在愛他，但是你不願回到老路上去，做了母親的你認為你對兒子有責任，你希望他能長大成人。

「好了，你一定知道很多杜漢伯不為人知的事。他不時的和他辦公室一個女人偷偷的約會，我要知道她是什麼人？」

「能形容她一下嗎？」她問。

「她年齡是二十六到三十一歲，大而黑的眼睛、長的睫毛，走起路來很特別，很引誘人的搖曳。不是擺動，是有韻律的——」

「馬桃麗。」她插嘴道。

「好吧，她怎麼樣？」

「我知道，知道漢伯……對她很有意思，但是他被淩珮珠鬥住了。她抓他抓得很緊——我簡直想不到他已經死了，唐諾——」

「是的，我瞭解。」我不讓她把話題岔開了：「我們沒時間感情用事了。我要的是事實，而且我要快，把馬桃麗的事告訴我。」

「她是個神秘人物，我對她不太瞭解，她嘴很緊。」她說道：「我的確知道漢伯對她非常有興趣，我想她也在鼓勵他，我不認為他們兩個有……有什麼親熱的事。」

「你知道我什麼地方能找到這個女孩子嗎？」

「不知道，我——好像我曾經聽到過她——不，抱歉，唐諾，很抱歉，幫不上你忙。」

「沒關係，」我說：「另外告訴我一件事，凌珮珠在聖塔安納用戴安妮的名字有一個豪華公寓，我認為是杜漢伯出的錢。」

「在聖塔安納！」她大喊道。

我點點頭。

「不對，不對。」她說：「漢伯在洛杉磯給了她一個公寓。」

「知道地址嗎？」我問。

「我不知道在哪條街上。」她說：「但是是在女王公寓。」

「好，這裡另有一個問題。」我說：「凌珮珠在日泳旅館用戴安妮的名字住了一個晚上，戴安妮就是她在聖塔安納公寓裡使用的名字。你看她為什麼要住到日泳旅館去呢？」

依玲搖搖她的頭。「我不知道，唐諾。」

「杜漢伯是和你在日泳見面的？」

「是的。」

「好幾次？」

「那是我們常見面的地方，是的。」

「然則，假如他要和凌珮珠見面，你想他會不會——」

「老天，不會！」她搶著說：「他何必要安排和她在汽車旅館見面呢？他給她在洛杉磯維持一個公寓，再說在漢伯看來這件事到頭了。他已經看出她是怎樣一個人了，一個標準的挖黃金的。

「事實上我相信他從來沒有和她有過愛情，只是被她弄得昏頭昏腦。你要相信我，這女人什麼手段都用出來了，她是好手。漢伯太寂寞了，也有點迷惘。她出來，用她的美好身材在他前面炫耀，把她自己送到他懷抱去，只是她做得很漂亮，一直好像都是漢伯主動的一樣，是……是老辦法了。」

我向她上下看看。

「不要這樣看我，唐諾。」她說：「我和他之間不一樣，我……愛他，他愛我。假如他今天能活著對你說話，他會告訴你，我離開他使他心靈空虛到無法彌補的程度。

「那些我和他一起在日泳汽車旅館的夜晚……他比任何和其他女人的幽會都

看重……那些別的女人的約會，只是……只是……你知道的。」

我說：「好，依玲，我一定要警告你。早晚這件事會炸開來，公開化的。你的兒子——小伯，會成為眾目所矚。我雖不願如此，但也愛莫能助。」

「唐諾，假如他們問我，我怎麼告訴他們？」

「什麼也不要說，」我說：「第一件事是找一個律師，假如律師找得好，他會教你保持靜默，直到我有機會找出更多事實來，我要走了。」

「唐諾，你是不是……是不是會有什麼危險？」

「我要不拒捕的話，就不會有危險。」我說：「我也不會笨到去這樣做。但是萬一被他們捉到的話，可能會被他們修理一頓是免不了的。」

「你的意思是他們還會揍你？」

「宓善樓在脾氣不好的時候，很喜歡修理人，目前我知道他脾氣不好。」

「你真可憐。」她說：「你是為我才變成這樣的，你……」

毛毯掉在地上。她把兩手放我肩上，她說：「唐諾，我們彼此瞭解，我不是對你有興趣，我是衷心感激你，感激你全力在保護我，我知道。」

她在我額頭上親了一個吻，站起來就只穿了睡衣，替我把門打開。

我走過去把一隻手抓住她手臂，不輕不重地握了一下，給她再一層保障。我說：「繼續睡你的覺，把下巴抬起來。」

我開車到棕櫚泉，走進一個電話亭，打一個長途電話到白莎的公寓去找她。

一、二分鐘之後，白莎睡意朦朧的起來接電話。「哈囉，哈囉……搞什麼鬼？……什麼人半夜三更的……」

「是唐諾，」我說。

「你！」白莎大叫，睡意已經完全沒有了。「你這小雜種！這次你真完蛋了。宓善樓說過，他這一輩子再也不會讓你吃這一行飯。你是──」

「閉嘴，你聽我說。」我告訴白莎。

「閉嘴？聽你說？你以為你是誰？你這個自以為是、二毛錢不值的同花假順。你知道他們會怎樣對付你嗎？」

「怎樣對付我？」我問。

「要你認罪，第一級謀殺。」白莎說：「這次你太過份了，你叫善樓難過了，我一點也幫不上你忙了，善樓已經把你和謀殺案扯在一起了。」

「多妙。」我說：「謀殺兇器找到了沒有？」

「我不知道他找到什麼鬼。」白莎說：「但是我知道他有足夠證據可以把你送進煤氣室，我告訴你另外一件事。在汽車旅館看到那偷窺狂的戴安妮，已經從你的照片指認你是偷看她出浴的人。」

「這怎麼可以！」我大叫道，簡直不能抑制自己的驚奇。

「就是如此，」白莎說：「宓善樓把你的照片給她看，她立即就認出你來了。然後就是木瑪雅，木瑪雅顯然是杜漢伯死亡不到一分鐘左右，正好從淋浴室走出來的人。她對你的形容真是仔細到極點。她一看到你的照片就告訴善樓，你正是偷看她的人，她說不論多少人中她都能認出你來。

「所以，你已經沒有救了，你這小雜種。但是我有一件事弄不懂你，你為什麼要殺掉這個人呢？我不懂你和他有什麼過節。我對宓善樓說過，據我所知，你以前從來沒有認識過他，我只知道你在對他展開調查。」

我把她告訴我的在腦中過濾一下。

「你還在那裡嗎？」白莎問。

「我在，在這裡。」

「這裡是哪裡？」

「棕櫚泉。」

「你在棕櫚泉幹什麼？」

「要找出來，什麼人殺了杜漢伯。」我說。

「善樓早就找出來了。」她告訴我：「他說是你殺的。」

「他無法證明的，」我說：「戴安妮看到偷窺者之後，曾經形容過一個完全不同的樣子。」

「形容和當面指認，哪一件比較更可以取信呢？」白莎說：「她對你的照片已經做了百分之百的指認了，而且木瑪雅更是確定得鐵了心的。」

我說：「警察都是這樣辦事的，他們選定一個自以為是的人，拿張他的照片，把照片給證人看，一再暗示就是這個人。而後證人在指認的行列中，看到他的話——」

「喔，少來！少來！」白莎打斷我的話說：「我不知聽你對這件事說過多少次了。」

「這不正證明它是有用的嗎？」我說：「暗示的力量是——」

「暗示的力量是個屁！」白莎爽直地說：「我看你自己已經沒有辦法收場了。」

「你聽我的，你給我打電話給宓善樓，向他道歉。說你不該欺騙他；不該在他案子裡搗蛋；告訴他你是無辜的；說你要投案以求澄清。

「也許你這樣做後我能向他講點好話，讓他不堅持用第一級謀殺罪控告你，憐憫你以二級謀殺罪服罪。

「老天，唐諾。平常你看不穿衣服的女人還不夠，為什麼還要摸到別人家後院子，去偷看別人的後窗？這下可——」

「白莎，你落伍啦。」我說：「最新的消息是他們已經捉到了那個偷窺狂。他的名字叫龐路圖，他是一個電報支局的經理，是今晚捉住的。」

白莎對這消息想了一下，說：「善樓沒有告訴我——他不再認為我是可靠的了。唐諾，對這一類的事你太滑又鑽得太快了。我在想，是你設了一個陷阱，把這個人推進去的。我勸你把電話掛上，立即用電話和善樓聯絡，說你要自己向他投案。」

「我會考慮的。」我告訴白莎：「現在我暫時不想再打電話，以免浪費公款太——」

「公款！」白莎大叫道：「你給我聽到，小雜種，這件事和我們偵探社毫無關係，這是你個人的困難，你自己弄進去的，你自己想辦法出來，千萬別以為我會替你付一半電話費，千萬別以為我們這個偵探社——老天，偵探社個屁。」

我輕輕的把電話掛回去，離開電話亭。

幸好航空公司有一班機飛鳳凰城。

剪報上說日泳汽車旅館裡第一位報告碰到偷窺狂的是鳳凰城的郝海倫，郝海倫開一家美容院，曾給警方一個相當滿意的形容：比較成熟的一位男性，有一個較長的鼻子，掃把眉，相當有派頭——根本不像會是有偷窺狂的人。

我知道要不了多久，宓善樓會把我的照片給她看，使她相信我就是她看到的人，他會告訴她戴安妮已經絕對確認了，又說木瑪雅看到我在那裡，所以宓警官知道，我一定是她看到的人，他會要求她仔細地看我的照片，他會告訴她，那個時候她一定是過份緊張了，她只匆匆看了這個人一眼，就大叫，就報警……仍是那老套，暗示的力量，但對付目擊證人，這仍是最有用的。

我唯一的機會是搶在善樓給她看我照片之前，我先把自己給她看一看。

我查電話簿，她有一個店舖地址，和一個公寓地址，都在鳳凰城。

我打電話過去。

過了幾分鐘，我聽到她有睡意的聲音。

「請問是郝小姐？」我問：「還是郝太太？我是一個偵探，現在在棕櫚泉，郝——小姐，還是太太？」

「我工作時的名字是郝海倫。」她說：「我自己稱郝小姐，你要什麼？為什麼這麼晚給我打電話？」

我說：「這是件比較重要的事，你大概在一個禮拜左右以前，在日泳汽車旅館見到一個偷窺的人，你當時報了警，我想假如你能再仔細形容一下，我可以捉到這個人。」

「我不可能比那一次警察來問我，我告訴他們的說得更詳細了。」她說：「假如你們都是喜歡半夜三更——」

「這件事非常重要，郝小姐，」我說：「我當然不想打擾你，但——請問你能不能和我一起吃早餐？」

「你說你從哪裡打來的電話？」

「我在棕櫚泉。」

「我就聽你說過在棕櫚泉。」

「我可以乘飛機，假如你能答應和我一起早餐，我——」

「我是一個職業婦女。」她說：「我有一個美容院要開門，我有七個女孩子替我工作，我沒有時間來零星消費。」

「所以我要請你吃早餐，」我說：「你可以一面吃，一面談。」

「我在節食。」她說：「我的早餐主食是咖啡。」

「八點鐘好嗎？」我問。

「不行，」她說：「七點半。」

「準時來接你。」

「你是哪個警局的偵探？」

「私家偵探社的。」我說：「但是我在辦這件案子。」

「我是可以說你在辦這件案子，否則不會——我應該生你氣的，但是你聽起來還老實可靠。」

「我是老實可靠的，我也衷心希望這件案子可以偵破，我們七點半見。」

「準時才行。」她說：「過時不候。」

「我候在你公寓外面，你出來就可以，我們可以——」

「不必，你可以和我一起早餐。」她說：「假如你不在意只有咖啡和烤脆的吐司，我作東。」

「準時到，先謝了。」我告訴她。

「再見。」她說。她的聲音不再含有敵意，我可以見到已經引起她的興趣了。

假如我能把錄音機帶去，錄下她對偷窺狂的形容，可能更好一點，但是我的主要目的是在時間上戰勝善樓，只要她和我一起吃了一頓早餐，一點也不會懷疑我就是那個人，她就不可能在指證的時候，說我是那個人了。

當然，善樓並不真需要她的出面指證，但是我不然，我極需要她的指證——指證不是我。

有一件事，令我非常不解的是凌珮珠，用戴安妮的名字住在聖塔安納已經是非常令人起疑了，豈能再大模大樣出來指認我的照片，不怕被別人揭穿她本來就認識賴唐諾嗎？這表示她有更嚴重的困難，只能冒一下這種險了。

我要看一下孫夢四在棕櫚泉去印甸的方向五哩處的土地是做什麼的，清晨一點半，當然不是看房地產的好時間，在上飛機之前反正還有時間，我開車過去。

推銷沙漠裡的土地主要是一個熱鬧。免費交通、免費早餐、工地秀，熱熱鬧鬧情況下，有人糊裡糊塗定了合約，大家就爭著以為便宜，行話稱之謂「強勁推銷」。

一旦這股熱潮消失的時候，這個地方就一無可取了。

清晨這個時候，月光之下來看，孫夢四的「山艾日光沙漠社區」，是個死亡的脊地，本來應該在日光和風下飄得有聲有色的三角彩旗，現在一律下垂著，一點生氣也沒有，像夜一樣靜。

頭頂上弦月高掛，四圍星星顯出外太空般的寂靜，月光流瀉下來，近處是銀白色，遠處是暗的、黑的，除了沙漠還是沙漠，推銷辦事處是唯一在眼前高出地面的東西，遠處背景是二哩直豎起來的聖甲辛吐山脊，一大塊的花崗石，頭頂上點綴著白雪和棕木。

棕櫚泉的燈光遠在西北方，偶而自高速公路上會傳來車子飛馳而過的聲音。

我在這一個社區預定地上徘徊，顯然，孫夢四混得相當不錯，前一排的地段，每塊地上都有牌子用紅字標著「已出售」。後面幾排出售率沒有那麼大，但是這個社區推出來才三十天，能有如此好成績，已經是好得不得了。

我停步撿起一份客戶拋棄的宣傳印刷品。

即使在月光下，我仍能說這是一個夠水準的作品，質料高級的紙、統計資料、照片，樣樣齊全。

我把宣傳小冊放入我上裝口袋，走向汽車，開車去機場。

我發現我對我自己在什麼地方、準備乘什麼班機，說得太多了，這班班機對我雖很合適，但是對宓善樓也太方便了，我怕他會在這班班機上安排一個他的人。

我問機場職員能不能包架小飛機，他很高興給我接通電話。

我把駕駛員自床上吵醒，但是他一點都不在乎，他告訴我願意給我一個特價，單程去鳳凰城，說是三十分鐘之內就可以趕到機場及起飛。

我坐在候機室，自口袋中把孫夢四的宣傳小冊拿出來。

小冊裡有棕櫚泉最熱鬧大街的照片，吸引觀光客的精品名店都有介紹，有印甸蔭涼棗園的照片，有冬令戶外溫度的統計數值，有晴天的統計，在最後一頁上有孫氏企業創辦人，我們客戶孫夢四的照片，他雙眼注視著讀者，誠懇、忠實的樣子，是一張照得極好的相片。

這張照片做宣傳小冊的結尾，使整個事件靜止下來，對小冊裡的東西令人有回味的感覺。

我正準備把這玩意拋進廢紙簍，突然一陣衝動，我從口袋中拿出一把小刀，小心翼翼把孫夢四的照片割下。

腦袋中漸漸形成一個計劃，以往我不止一次捉弄過宓善樓，這次我要大大和他開個大玩笑。

他不是老想要我好看嗎？我叫他看看是誰叫誰難過。

我的包機駕駛員趕來找我，不久就準備好起飛，正好他飛機上有一疊草稿紙。

飛鳳凰城的一路上，我練習畫孫夢四先生的素描，在我們飛機降落鳳凰城機場的時候，我已經很有把握可以畫出一個人像來——十分像孫夢四先生。

我付現金給駕駛員，走進機場的盥洗間，把所有畫的草稿和孫夢四原來的照片撕成粉碎，自馬桶中沖走。

一輛計程車把我帶到郝海倫的地址。

我看看錶，時間和預計的完全一樣，正好趕上。

想想白莎看到我預防宓警官所做的包機行為，又想想包機比班機多花多少錢，我心裡在亂跳。

第十五章　指認

郝海倫穿一套設計很別緻的衣服，臉上化過妝，男人很難猜到她的年齡，女人也許可以，但不保證不會猜錯。

她是個泰然自若、姿態優美，老於世故的女人，全身散發著女性的媚力和吸引力，是一種成熟的誘惑，和一般過了青春期的女人不同。

郝海倫是樹上成熟的水果，所以從現況看來輪到她開始變黃還早得很。

她鑑賞地從頭到腳看我一遍，伸出她的手向我笑笑。

「我姓賴，」我說。

「哈囉，賴先生。」她說：「你和我想像中不太一樣。」

「你想像中我是什麼樣人？」

「一個大的、闊頸厚背的人，盯著眼看我，和我調情還是看得起我的味道，粗聲粗氣的和我談偷窺狂看到我什麼東西了。」

「現在你把我歸在另外一類裡？」

「我可以絕對確信你不屬於我說的那一類。」

「你認為我不會盯著你看？」

她說：「喔，算了，你已經看過了，你也許想調一下情，但不是『看得起我才如此』的味道，你會偷偷的設計，看我反應，也是比較容易使我入彀的一種，現在，言歸正傳，你咖啡裡要不要加牛奶和糖？」

「謝謝，都要。」我說。

她嘆氣道：「我真不知道，怎麼會有你這種幸福的人，愛吃什麼都可以吃，但是肚子還可以不凸出來，你現在看看我，我——」她突然停止，大笑：「講也沒有用，你一定聽過不少人說過……你叫什麼名字？」

「唐諾。」

「好吧，唐諾，我們可以做個朋友，我早上時間不多，你的問題可能不少，要快快的問，我是要趕上班的，跟我來。」

她帶我進小廚房，廚房一角放有一張桌子，她坐在桌子一邊，我坐到她對面。

她說：「桌子上吐司麵包你自己動手，烤成什麼樣子也由你自己決定。沒有牛油，沒有蛋，我也不給你客氣。」

我說：「我只要咖啡。海倫，我來問你，你對那男人的臉，到底看得有多清楚？」

「相當清楚，而且深刻在腦海裡。」

「再看到他，你會認得出來嗎？」

「我當然認得出。」

「你記得當初給警方什麼形容了嗎？」

「是的，他什麼長相，我記得清清楚楚。」

我說：「我自己是個藝術家，我們從他頭髮開始如何？」

「他是戴了帽子的。」

「好，眼睛怎麼樣？戴眼鏡嗎？」

「不戴眼鏡。」

「什麼顏色？」

「淺顏色，但是明顯的是他的眉毛，他眉毛我沒有辦法形容得使人能瞭解，但是的確與眾不同。」

「鼻子呢？」

「長長直直的鼻子。」

我說：「讓我來畫一個樣子給你看看，我曾經研究過你向警察的敘述，我來試試能不能重組一張面孔出來。」

我畫了一個故意彎扭孫夢四的輪廓。

「眼睛離得太遠了。」她說。

我重新畫一張，把兩隻眼睛放近一點。

「眉毛太彎了，這個人眉毛直一點，嘴巴還不太像，畫的嘴角上翹，這個人要直一點。」

「顴骨？」

「高顴骨——現在有點像了，唐諾，像了……唐諾，你捉住了我講的神韻了，這幾乎就是他了，這是一張太好的畫像，唐諾，你的畫工好極了。」

我謙虛地說：「是你形容得好，我只是照你形容來畫。」

「唐諾，你畫太好了，我有一點怕。」

「怕？怕什麼？」

「你照我說的畫，畫得非常像，像到我幾乎好像看了就會認識他似的，但是……我不知道，你是不是有一個特定的對象，要想暗示給我？

「我初看你的畫像，我認為這是張極好的畫像，現在，我越看越覺得這根本是那個男人坐著讓你畫的畫像，我相信有些是暗示出來的效果，我越看這張畫，就越自己催眠認為就是這個人。」

「不過假如你形容的是事實，你怕什麼呢？」

「我是說的事實，但是——」

我打岔說：「你是說老實話嗎？當然不可能……不可能窗外站的是我吧，舉個例子來說。」

她大笑著說：「別傻了，唐諾，你要看一個女人脫衣服，你不會站在窗外看的。」

「這個男人是挫折感一類的嗎？」

「倒也不見得，不像，唐諾，不太容易形容，講也講不出，除非你是女人，否則你不會知道我的感覺。」

「我是不知道。」我說。

「我知道，你感受不到……一個女人身材很好的話，在合宜的情況下，她是願意炫耀一下給別人看看，但是，你走進一個應該有充分隱私的汽車旅館房間，突然看到黑暗的外面有一張男人的臉來偷看的話……」

「你有沒有大叫？」

「我叫了。」她說：「我也急著抓點東西把自己遮起來，打電話報警。」

「那個人怎麼樣？」

「那個人轉身，我可以看到他跑了幾步，然後消失在黑暗裡。」

「之後你怎麼辦？」

「我衝過去把窗簾拉下……你知道，這個旅館在設計上就大有缺點，房間是『L』形的，後面開一扇窗，多半的人一腳走出浴室才發現那面窗子，進去的時候很少會留意它的存在。

「可能是為了通風好，但大多汽車旅館都會用高窗毛玻璃，或是浴室裡裝個小到人爬不進來的毛玻璃窗，此外，在背面絕不會有大窗的。」

「有沒有概念，這個男人在外面多久了？」

「沒有，一點概念也沒有，我想我是太不小心了，我一路開車，只想洗個熱水澡，我只是打開衣箱，拿些替換內衣，脫光了，走到淋浴的地方去。」

「浴袍？」

「別傻了。」她說：「我匆匆忙忙，我要出去吃晚飯，我急需淋個浴，我在房間裡一絲不掛走來走去，進浴室的時候一絲不掛，出來的時候也如此，但突然發現一張男人的臉瞪著我看，真是……真是倒胃口到家了。」

「因為被男人瞪著你看？」

「別傻了，我被男人看過，但那是我自願的，這個男人是有目的的、邪惡的。」

「他的體型大小，和我比起來如何？」

「當然，我沒有全部看到他，但是從他站在窗戶的情況和他後來逃走的樣子，我會說這個人比你老、比你大；要高一點，寬一點，他……」

門鈴聲響起。

她蹙眉道：「這個時候怎麼會有人來呢？」又看看手錶：「我一定要去開店門了——對不起失陪一下，唐諾。」

我坐在外面看不到的廚房一角，聽到她走出去開門，聽到宓善樓的聲音說：「對不起女士，我自己也不想在這個時候來打擾你，容我自己介紹一下，我是洛杉磯警察總局的宓警官，這位是鳳凰城警局的宋警官，我們兩個要和你談一件事。」

「可以，」她說：「不過我目前急著有事辦，而且——」

「事實上我們只要佔你一點點時間。」宓善樓自己走了進來。

另外一個聲音，我想是宋警官說：「我知道你忙，郝小姐，但你的幫助可能澄清一件刑案。」

「我能幫助你們什麼呢——喔，是不是又是那件偷窺狂的事？」

「完全正確。」宋警官說。

「我們認為我們已經弄清楚了是哪一個無聊男子幹的好事了，此後保證不會有其他女人受到你上次受的那種騷擾了。」

「不過，這個傢伙精得很，他很會狡辯……這是他照片，他……」

我聽到紙張窸窣聲。

「老天！」郝海倫大叫道：「這不是那個偷窺狂，這是個私家偵探，他人就在……」

「他人就在哪裡？」宋警官看到她突然停住，追問道。

我聽到善樓開始移動。

「在……在廚房。」郝海倫說。

他們盡了全力衝進廚房，善樓在前，他伸手經過小桌子上面，一把抓住我領帶和領子，把我從椅子上拉起來，他說：「你這狗娘養的小雜種，你以為我們沒有辦法找到你？」

郝海倫大叫道：「不要碰他！」

「他在拒捕。」善樓說，一拳打在我下巴上，把我頭撞向後面的牆上，整個房間變成一個走馬燈，我覺得自己被吸進黑暗的漩渦。

當我重獲知覺的時候，我雙手銬在手銬裡，郝海倫氣翻了，機關槍一樣在說話。

「我不知道你們想幹什麼？我聽人說起過警察是野蠻的，這是我第一次見到警察攻擊一個沒有抵抗能力，也根本不想抵抗的人。

「他又沒犯法，他到這裡來是幫你們找偷窺狂的，他詳細請問我這個人的樣子，他幫我畫出了一個百分之百正確的臉型，一張可以指認的臉。」

「在哪裡？」宋警官問。

「有好幾張草稿。」她說：「他一面問我這個人的樣子，一面修改草稿，這一堆都是，但這一張是完成後的樣子。」

「亂講。」善樓說：「這個人是在塞一些東西到你腦子裡去，他才是真正偷窺的人，他到這裡來的目的就是給你一大堆暗示，把你弄迷糊，認為是另有其人，我們已經死死的證明是這個人了，我們已經有絕對不錯的指認，連動機都清楚了，這件事還牽到件謀殺案，我們也證明是他幹的。」

「你們什麼都證明不了。」郝海倫說：「我要代他控告你們野蠻動粗，我

——」

「慢慢來，郝小姐。」宋警官撫慰地說：「你不知道我們警察通常冒多大的危險，經驗一多，當一個警察像剛才那樣捉人的時候，他看得出這小子在動什麼念頭，這傢伙想打倒警官，自己——」

「想打倒警官個屁！」她怒聲道：「他坐在那裡……他再等一百年也不會動手，他要是碰到這個警官，他手早斷了，別告訴我這裡發生什麼了，我都看到，我親眼目睹的看到。」

宋警官說：「你是後進來的。」

「別拿這一招來堵我。」她說：「我也許需要警方保護，但是我是納稅人，為了正義和公正，我一定要站起來講話的。」

「我真抱歉你會有這種看法。」宋警官說：「也許宓警官急躁了一點，他一個晚上沒好好睡覺在辦這件案子，賴唐諾這個傢伙又從來沒有合作過，使宓警官非常不好受。」

「這絕對是真的。」宓警官說：「這小子藏匿證據，現在又把證據搞亂，他東竄西竄把每件東西移開該在的位置，使我們辦案無從下手，這件事也要算你一份，小姐，不要以為你沒有受他迷惑，至少他是一個漂亮的男人，你肯把他放在家裡吃早飯，已經受他迷惑了。」

「他沒有迷惑我。」郝海倫說：「是我在迷惑他，而且我會永遠站在他那一邊。」

宋警官注意到我張開的眼睛，他冷冷地說：「警官，有人回來參加盛會了。」

善樓看看我，從他眼中，我看到沒有理由的瞎恨，他又想揍我了。

宋警官看懂了他的意思，說道：「我們不要耽擱郝小姐辦她的事了，我們該把這傢伙帶回總局去好好問問。」

郝海倫說：「我是該辦我的事了，我要叫我的律師瞭解一下這件事，我要把他的事看成我自己的事，我要知道你們所謂『好好問問』，是不是又要再來一次警察的野蠻行為，你再向他伸一隻小指，我們這裡鳳凰城保證展開有史以來最大的調查，叫你吃不完兜著走。」

「喔，小姐，」宋警官說：「不必緊張，也犯不上做這個人的同黨。」

善樓拉住我手銬：「走吧，小不點，你要開始旅行了。」

善樓拉著我向公寓門走去，海倫走向電話。

「唐諾，你放心。」她說：「我馬上找我自己的律師……他是個好律師。」

第十六章　女人的證詞

警局裡，這房間是典型的。用舊了的橡木傢俱，地上是鋪地布。第一眼看上去，地上好像佈滿了毛毛蟲。每條毛毛蟲都是不小心把香菸頭拋下去燒成的。椅子是直背、沒有墊子的，坐起來不舒服，但是結實管用的。傢俱都可以追溯到我們造東西但求經久耐用的日子，因為傢俱經久耐用，所以也從來沒有再換過。

房間是個完全不講究舒服和派頭的，設計上就是管用，也用了很久沒有改變了。

宓善樓把門踢上，一個彈簧鎖把門鎖上。

善樓轉向我。「好了，你這個騙人的狗雜種。我們要把你心裡的話挖出來，而且要快。」

宋警官並沒有那麼積極，也十分小心。「善樓，慢慢來，這個郝海倫是個炸藥。我知道她的律師，出名的狠。假如她把他請來，我們還有得受的了。」

善樓看看我，皺著眉，又看看宋警官，他說：「鬼律師到來之前，我們對付不了他？」

宋警官搖搖頭。

我說：「善樓，你誰都對付不了。你現在是在亞利桑那州，不是在你自己的管區。你連放根手指在我身上的權利也沒有，你甚至無權逮捕我。你傷害了我，我要告你，讓你因為傷害罪受審，我有證人。

「再說，在你能辦妥引渡手續之前，你想也別想我會跟你回加州去。我還會拒絕引渡，請求先在這裡聽證。」

「懂得我是什麼意思了嗎？」宋警官說。

善樓向我走過來。「你這個唬人的小不點雜種，」他說：「我要給你看我有沒有權利——」

門上有敲門聲。

在第二次敲門的時候，宋警官小心地把門打開一條縫。

一個男人聲音說：「警官，有人電話找你，說是十分重要的事。」

「什麼人？」宋警官問。

「麥莫賽。」

「告訴他我會打電話給他，」宋警官說：「我現在在忙著。」

「好的，警官。」

門又關上。

宋警官向善樓說：「這下沒有得玩了，麥莫賽正是我想她會弄來的律師。」

「他是什麼人？」

「他是個律師，一個聰明的律師。而且，他和州長是親戚。」

「州長和這件事有什麼關係？」善樓問。

「警官，你聽到賴說過的，」宋警官解釋道：「你現在是在亞利桑那州。你必須要有引渡狀才能把這傢伙帶回去。」

善樓寒著臉說：「等我和這傢伙把事情談好，他會自動放棄引渡權，乖乖跟我回加州。而且心甘情願的回去。」

「這個州不行、這個城也不行、這個監獄也不行，只要有我在場就不行。」宋警官說：「我是住在這裡的，你不是。」

「嗨，等一下。」善樓說：「你在這傢伙前面說這種話，對這件案子沒有好處呀。」

「對，我們兩個另外找個地方談一下。」宋警官說：「不過我不會改口的。」

善樓突然走向門口，自肩後向我命令道：「小不點，你給我在這裡等著。」

「把手銬給我拿掉。」我說：「太緊了，都卡到骨頭了。」

「那真是太不幸了。」善樓說著打開門走了出去。

宋警官目送他出去，轉向我相當客氣地說：「我們不會去久的。」跟了出去。門又鎖上了。

我坐在那裡半個小時。善樓和宋警官回來的時候，多了一個人，是個短壯、非常厚實，看起來很神氣的男人。他很有聲勢，而且懂得耍弄它。

「哈囉，賴，」他說：「我是麥莫賽。我是律師。你的朋友郝海倫要我來代表你。目前他們要你留在這裡是洛杉磯有拘票說你是謀殺嫌犯。你穩住，什麼話也不必說。連他們問你今天是幾號都不要回答他們，州長的刑事顧問已經約好明天早上十點鐘聽我代表你發言。你不願引渡可以在聽證會中提出來。

「因為是謀殺案，在這之前，我不能把你交保出去。你暫時到明天早上要住在牢裡。不要怕，沒人敢傷害你。不論他們怎麼說，他們都不敢真做的。

「你放心好了。除非他們能證明你有罪，否則州長不會同意你引渡出去的。」

善樓說：「我們當然可以證明他是有罪的。我現在不願把手裡王牌給你看，你迫我太緊，我會拿出來的。」

人半下。」

「好呀，你拿出來呀。」麥律師對他說：「最重要的是絕對不准你再碰這個

「什麼人說的？」善樓問，敵意地轉向他。

「我說的。」麥莫賽說，向前挺一下胸：「你假如在這裡有什麼有錢朋友的話，最好把他們都召來準備給你交保，因為三十分鐘之內，一張逮捕你的令狀會交到你手，罪狀是武力脅迫。你攻擊坐在那裡的賴唐諾先生，地點是在公寓廚房餐桌旁。你把賴先生打昏過去，你用拳頭打他的臉，故意使他頭撞到牆上。你也許會准予交保，但是我保證交保金額會大得嚇你一跳。等我找醫生查出賴唐諾實際受到了什麼傷害之後，我會和你打民事賠償官司，反正至少要你賠一萬大洋。再打他一下我們就變兩萬元賠償，另加五千元的懲罰性賠償。」

善樓的臉變紫了。「你……你……你——」

「別急，別急。」宋警官警告他。

「你說呀。」麥律師請善樓說下去。

宋警官對善樓說：「這傢伙在大學裡是拳擊冠軍，善樓。你慢慢來。」

有二、三秒鐘，善樓和麥莫賽站在那裡，互相怒視著一動也不動。然後善樓輕蔑地轉身，背著他說：「算你狠。」向前兩步，又回頭向麥律師道：「你真認

為有兩手，挑一天到洛杉磯來玩玩。」

「我又不是沒去過，」麥律師說：「我不喜歡洛杉磯。你是不是有虐待犯人的毛病？」

「沒有，我們不虐待犯人。」善樓說：「這件案子的事實你不瞭解。我對這個小蝦子什麼機會都給過他，但他欺騙了我。但是我們不會讓律師神氣活現告訴我們應該怎麼做的。我們有的是健身房，假如你認為夠看的話。」

麥莫賽的臉上浮現笑容。「喔，說得多漂亮。」他說：「正好我們這裡也有個非常好的健身房。走吧，我們現在就走，我已經缺乏練習太久了。」

宋警官大叫道：「胡鬧，善樓，你們胡鬧。」

善樓大步走出房門。宋警官看看他，看看我們，決定快步追善樓跑出門去。我對麥律師說：「找一份棕櫚泉『山艾日光沙漠社區』的宣傳冊子。打電話請人用飛機送來——」

門一下打開。宋警官說：「莫賽，請出來。這裡我來負責。」

二個人出去，門又鎖上。

十分鐘後，宋警官一個人回來，他把手銬替我取下，說道：「跟我來，賴。」

他們把我帶到監獄，正式收押我。整個下午我坐在牢房裡，晚上好好的睡了一晚，早上七點鐘看守的人借了我一把刮鬍刀。九點三十分他們把我裝上一輛汽車。十點鐘我被送進一間挑高的大房間，樣子是個小法庭。

五分鐘後，一個三十才出頭的人輕快地走進來，手裡拿了一個手提箱。他爬上升高幾級的桌子坐了下來。另一個門打開，宓善樓進來；凌珮珠進來；麥莫賽進來，之後郝海倫進來。我坐在一個穿制服的警員身旁。郝海倫向我笑笑。意思是「你別耽心」。

「好了。」坐在桌後的年輕男人說：「早點進行吧。」

他面向我說：「我是費哈維。是州長的罪犯赦免秘書，也是管制引渡的秘書。有人說控訴你的罪證是誣陷你的。我們通常是不查證據的，但是這一次我們要破例。

「現在，各位先生，我們來聽聽控訴這位犯人的是什麼案件。這是一個非正式的聽證會。我相信你急著要提出你的證據，宓警官？」

善樓站起來。

「為了便於記錄起見，」費秘書說：「你的名字是宓善樓，你是洛杉磯警局的警官是嗎？」

「是的。」善樓說。

「好吧，你的案子是什麼？」

宓善樓說：「杜漢伯在海濱日泳汽車旅館被謀殺了。一切證據顯示他是被一個在那邊徘徊挖掘證據的人幹的。杜漢伯當場把他捉住了，那傢伙把他除掉。」

費說：「證據如何？」

「我們都有了。」善樓說：「我有一位女證人在這裡，她可以證明賴唐諾就是她在旅館裡脫衣服的時候，在外面偷看的那個人。杜漢伯的車就停在汽車旅館房間門口，我們發現有人在他車上貼了個汽車追蹤器，我們循線索追到賴唐諾。賴唐諾溜到舊金山去買了一套追蹤器，補充他仍舊留在死者車子上的一個發報器，我們這一部份鐵證如山。

「再說，我們在加州另有一位女證人，今天雖不能來，但給了我一張口供證明。她可以證明謀殺案當晚，顯然是謀殺發生後幾分鐘，賴唐諾在同一旅館後窗偷看她。她從賴唐諾的照片上，做了百分之百的指認無誤。

「杜漢伯是被一支點二二口徑自動手槍殺死的。我們發現這支槍隱藏在賴唐諾佔有的一個公寓裡。他是一個有照私家偵探，他們公司名稱是『柯賴二氏私家偵探社』。

「你還要更多證據嗎？」

費先生說：「警官，採取敵對態度大家沒有好處。我不要再多證據了。假如真如你言，你只需要引渡公文來就可以了。」

麥莫賽站起來說道：「秘書先生請稍候，我也想提一個證人出來。」

「應該把宓警官的事先解決。」費說：「宓警官，為了紀錄的完整，對剛才的言詞你肯宣誓是真話嗎？」

宓善樓起立，把右手伸起，宣誓。「我宣誓我剛才的話。」他說：「每一個字都是真的。」

「你有什麼問題要問嗎？」費問我。

麥莫賽說：「秘書先生，我代表這位被告。」

費先生問：「有什麼問題要問嗎？」

「問他槍是在哪裡找到的？」我說。

善樓說：「我們在一組隱藏的音響裡找到的——也就是說一組隱藏的音響，外面看起來是書櫃，槍在音響的後面。」

「是謀殺兇槍嗎？」我問。

「是謀殺兇槍沒有錯。」善樓說。

「警官，」費先生提醒他：「你是宣過誓的。」

「我是在宣誓之下，」善樓說：「槍經專家彈道試驗，沒有錯，是這支槍殺死姓杜的。」

「我認為夠了。」費秘書對麥律師說：「這是個非正式的聽證會，我們不要浪費時間，只要使事情公正就可以了。」

「我也想請位證人。」麥律師說。

「警官，你說完了吧？」費問。

「我說完了。」善樓倔強地說。

我說：「警官曾說他有一個證人，可以證明我在旅館裡不幹好事。」

「她在這裡。」善樓說：「凌珮珠。」

「我希望聽她宣誓之後的證詞。」我說。

費秘書說：「假如他們找到了兇槍，她的證詞其實也不重要。」

我說：「我們就算她說過這話，我希望問她幾個問題。」

麥律師低聲對我說：「你處理得了嗎？」

「我處理得了。」我說。

麥律師高聲說：「且讓我們暫定這位證人的確說過什麼剛才說的證詞。假設她宣過誓，也宣誓後承認宓警官所說的是事實。我的當事人要問她幾個問題。」

「你問？還是你的當事人問？」費秘書說。

「我的當事人問。」麥律師說。

「當一個被告請了律師之後，通常該由律師代表他來發言。」費秘書說。

「今天是非正式的，」麥律師道：「我接這件案子不夠久。」

「好吧，」費秘書說：「我們要知道的是真相。凌珮珠在哪裡？讓她站起來，把右手舉起來。」

凌珮珠站起來，把右手舉起來，宣誓。

「你聽到宓警官說的，有關你的證詞部份了。是嗎？」費秘書問。

「我聽到了。」

「這是不是你自己的證詞呢？」

「是，就是我的證詞。」

「你到前面來，坐在這裡，這樣你所說到的人可以問你幾個問題。」費秘書看看她漂亮外形，相當和氣地說。

她走向前，坐到證人席上去。

我說：「你說我是你在脫衣服的時候，在窗外偷看你的人？」

「是的。」她確定地說。

我說：「此後你什麼時候見過我？」

她說：「我在洛杉磯見過你，此後又在聖塔安納。那是你到聖塔安納我自己租用的靈心公寓來找我。」

「你租用這個公寓用的是什麼名字？」

「等一下，等一下，」宓警官說：「我們不能讓他把女性證人的名字沾到一點點污泥了。今天的聽證會為的只是合不合引渡，塗污泥的手法盡可留待以後在法庭上做。這位證人小姐用什麼名字租公寓根本和引渡不引渡沒關係。」

「我想警官的話是對的。」費說：「你問的只能有關指認的正確性。」

我說：「你有沒有為了一塊我的拐角地，和我討價還價討論租金？」

「有。」

「為了這個原因，見過我很多次面？」

「是的。」

「這是日泳旅館有人偷看你之後的事，又是聖塔安納我們相見之前的事，是嗎？」

「是的。」

「那麼多次的見面，你都沒有發現我就是在旅館裡偷窺你的人嗎？」

「沒有，我沒有。我找你是為了要租你的一塊地，我根本沒有向那個方向去想。後來，我有機會向那個方向去想，才發現那個人根本就是你。我知道我在什麼地方見過你的臉，但一時記不起在哪裡，我只是根本沒有把你和日泳汽車旅館連在一起而已。」

「在宓善樓警官問起你這件事之前，你根本不可能有這個想法，是嗎？」

「他是問過我。」

「然後你就告訴他？」

「然後我想起來為什麼一直有見過你的感覺。」

「想租我的一塊地，你是代表什麼人來出價的？」

「杜漢伯。」

「就是那死者？」

「是的。」

費秘書說：「我想我們不必牽涉太廣。假如他們發現兇槍是在你的公寓，我想州長會同意把你引渡給他們。」

「我們有位證人，我們希望把她叫到證人席來。」麥律師說。

「是誰？」

「一位本市的公民，郝海倫。她在本市開一個美容院。她是日泳事件受害人之一。她從浴室出來，偷窺者正好在偷看。」

「怎麼作證都改變不了太多。」宓說：「那地方可能不止有半打偷窺的人。」

「這件案子中，尚還牽涉到警察虐待人犯的事。」麥律師說。

「亞利桑那的警察嗎？」

「不是。」

「什麼人？」

「宓警官。」

「他不是本州的警官。他來本州是一般公民。」費說：「假如要控訴他，可以訴諸於法，依法律途徑解決。」

善樓說：「昨天我已經被捕過，是用兩千元保證金保出來的。」

「我想這就可以了。」費秘書說。

我說：「警察來的時候我正在畫一張人像，那是依據郝小姐自窗外看到的臉，她形容、我畫出來的人像，郝小姐認為非常像偷窺她的人。我要知道我畫的像哪裡去了。是不是被警方拿去了？」

「沒有。」郝海倫說：「我帶來了。」

「能給我嗎？」

「這有什麼好處呢？」費秘書說：「為了早點結束這次聽證，我願意承認一共有半打偷窺的人。只要你幹過一次，這位證人凌珮珠又能指認你，對本次聽證已經算是足夠了。即使沒有這位證人，兇槍在你公寓裡被發現也已構成引渡條件了。」

我說：「對不起，秘書先生，我對於這位凌珮珠證人，還沒有問完。」

「我認為你問完了。」

「我請求你原諒，我還沒有問完。我正問到一半，被你打斷。你說她的證詞，加上兇槍，就足夠了？」

「我沒說錯呀，已經足夠了。」

「我還要問她兩個問題。」

「我們不願在這問題上浪費太多時間，我只是要找出，請州長批准引渡你出去理由足不足。這是個非正式聽證，我們雖然請這證人宣了誓，也有紀錄，但是現在我滿意了，也夠了。」

「這些我都知道，但是我還有兩個問題。」

「好，你問吧。」他不高興地說道。

我說：「當你在討論租價的時候，你在我單身公寓裡。你走過去到書架的前面，你拉開幾本偽裝的書本，發現有套音響。你怎麼知道音響在裡面的？」

「老天！」她說：「我見過幾千家人家把音響藏在書架後面的。」

「回答我的問題。你怎麼知道在裡面的？你以前進過這間公寓嗎？記住你已經宣了誓，你的回答以後會有人調查的。」

她猶豫了，而後說：「我以前進過這間公寓。」

「你在裡面住過？」

「是的。」

「在我住進去之前？」

「是的。」

「你把公寓空出來，如此我可以住進去？」

「好吧，是的。我把我東西移出來，如此你可以住進去。」

我對郝海倫說：「請你把那張畫給我。那最後一張，就是你說像極了那個從旅館窗外偷看你男子的那一張。」

她把畫交給我。

我問郝海倫說：「你認為這張畫像極了在窗外看你從浴室出來的男人，是嗎？」

「對的，這張畫畫得很好。是我在日泳汽車旅館淋浴出來，在窗外偷看我的人，絕不會錯。」她確定地說。

我把這張畫摔到凌珮珠的面前說：「你認識這個人嗎？認識還是不認識？」

她看看這張畫，看看我，又看向郝海倫。她深吸一口氣，她說：「這張面孔……好像有點……隱隱有點熟。但是我從這張畫不能看出什麼我的熟人是這樣的。」

我轉向麥莫賽律師問：「你拿到房地產小冊了？」

「是的。」他說。

「能給我一下嗎？」

他交給我。

我把它翻到孫夢四的照片，又摔到凌珮珠面前。我說：「你認識這個男人嗎？請你回答是或不是。」

她看向這張照片，猶豫一下，說道：「是的，我認識他。」

我說：「你在聖塔安納用戴安妮名字租的公寓，是不是這個人在付房租？」

「嗨，怎麼啦？」費秘書說：「我們說好不再攻擊隱私，你怎麼又來了？」

我說：「這不是攻擊隱私。你看一看這張照片，再看看郝小姐已經指認的畫像。然後再讓我來問這位證人，她是不是根本未被杜漢伯僱用，但整個事件是孫夢四設計，目的是讓我相信我是在和杜漢伯討價還價。

「你再讓我告訴她，這件案子是謀殺案。她已經做了偽證了，她要是回到加州，可以因為謀殺案事後共犯被送進煤氣室，除非她現在改變她的供詞。」

突然凌珮珠自椅子上坐直，說道：「好吧，這件事我也不願為別人背黑鍋。我說好了，根本沒有什麼偷窺者。」

費秘書把上身前傾。「沒有偷窺者？」他問。

「沒有偷窺者。」她說。

「我看你應該向大家解釋一下。」費秘書說。

珮珠說：「我是要向大家解釋，但我要用我自己方法來說。孫先生要我住進日泳汽車旅館，在約定的一個時間要我打電話給警察，說有人在偷窺。」

「事實上並沒有人偷窺你？」我問。

「沒有。」

「窗簾是沒有拉下的？」

「窗簾是我把它收上去的，我也把外衣脫了。我只穿胸和內褲，我報警。之後我披了一件浴袍，警察來時我還是這個樣子。我形容給警方聽的是個適合任何人的形狀，孫先生要我說得含糊一點，以後要改成指證什麼人都可以。」

「這都是為了什麼呢？」費秘書問。

「孫先生想控制杜先生的公司，他有一個消息，杜先生和一位叫石依玲的年輕女人有暗中來往，他們幽會都在日泳汽車旅館，孫先生想在有所動作前先瞭解情況。

「郝海倫見到偷窺者那個晚上，孫先生得到消息他們兩個會去幽會，但消息是不正確的。正當他在偷看每一間的時候，郝海倫自浴室出來。燈光正照在孫夢四先生臉上，事後她的形容，使孫先生想到可能會給他帶來麻煩。所以他叫我特地在他安排好時間證人的一個晚上，住進同一旅館，報警說有人在偷窺，是他叫我含糊形容，以後可以套到任何人頭上去的。」

大家在消化她說的事，全場幾乎沒有聲音。

「但是孫夢四在辦公室給石依玲安排了一個職位，是不是？」我問。

「當然，他給她工作。」

「為什麼？」

「為的是另外可以安排一個理由，請私家偵探來跟蹤她、調查她，間接的發現她和杜漢伯的私事。所以他請你們來調查，但是你們太笨了，找不到這個角度，我又不得不給你一個密電。」

「這些事你怎麼知道的？」費秘書問。

「都是孫夢四告訴我的。」

「孫夢四為什麼要告訴你這些事？」費秘書問。

她抬頭看他的眼。「因為我是杜漢伯的情婦，而孫夢四想利用我，告訴我很多杜漢伯的事，也騙我很多，至少我現在知道他是騙我的。其實杜漢伯對我是真心的，不騙我的。我對孫夢四已經沒有興趣了，對他的甜言蜜話也沒興趣了，我和孫夢四是完結篇了，我也不必保護他了，現在我決心做個淑女。杜漢伯一直告訴我他會供養我，他說話會算話的。」

費秘書問：「你怎麼會指認賴唐諾是偷窺者的？」

「是孫夢四先生指示我的，現在我知道他是如何在利用我了，我不幹了。」

費秘書向椅背一靠，看向善樓。善樓整個人都愣住了，拚命在適應這全新的發展。

我說：「是孫夢四派你來和我討論拐角地的租賃問題的，是嗎？」

「是的。」

「你沒有聯絡杜漢伯？」

她準備回答，猶豫一下，又說道：「為了這塊地的事，我沒聯絡杜漢伯。我和杜漢伯很親熱，我很高興做他的情婦，我唯一後悔的是給別人機會在我面前挑撥，使我懷疑了漢伯。我願意做一切事來證明杜漢伯是個高貴誠實的紳士。」

費說：「你是他的情婦？」

「你要我說幾次？我是他的情婦。」

「你和孫夢四又算什麼呢？」

「什麼也不是，我是他的工具、他的掩飾、他的受騙人，他利用我的妒忌心，他說杜漢伯另外有情人。」

「但是孫夢四給你付聖塔安納公寓的錢，是嗎？」我問。

「是的。」她臉紅地說：「他要有一個地方，和我見面的時候不會有人打擾，那個地方是商業性的，不是男女關係的……我現在瞭解了，雖然晚了一點，我有多笨，那麼容易被人利用。」

「對於杜漢伯的謀殺案，孫夢四有沒有對你說什麼？」我問。

「當然沒有！他要我替他做幾件事，我都做了。」

費秘書問善樓：「你現在準備怎麼辦？」

州去。」

善樓看向我：「我想賴自己也該有些解釋。」

我搖搖頭，我說：「我現在放棄引渡權權利，我自願跟宓警官回加利福尼亞州去。」

「你要幹什麼？」費秘書不相信自己的耳朵。

「我放棄引渡權權利，」我說：「我自願跟宓警官去加州，省得他要申請引渡狀，我自願。宓善樓是一個公正的警察，當他認為自己對的時候雖然固執了一點，他還是嫉惡如仇的，他恨說謊的人，有的時候他不喜歡我，但他是個正直的人，我要跟他回去。」

費秘書皺著眉。

麥律師站起來，要說話。郝海倫拉拉他上衣的邊，輕輕地拉著要他坐下來。

「我認為聽證會該結束了。」費秘書說：「這是賴自己放棄權利，我還有什麼話說？聽證結束。」

費秘書站起來，離開房間。

麥律師走過來對我說：「賴，你知道你在幹什麼嗎？」

「我知道我在幹什麼。」

善樓說：「好了，聰明人，承蒙誇獎了。你也許是對的，假如這件事是你把它弄成這種樣子的，我希望知道它本來是怎樣的，我不希望被利用。」

「沒有人在利用你。」我告訴他：「我放棄引渡權，節省你力氣，你準備怎麼樣？」

「我準備在你改變心意之前，帶你坐第一班班機回去。」

「我有更好的辦法。」宋警官看看手錶說：「有班飛機經棕櫚泉到洛杉磯，半小時後開，我送你們上機。」

郝海倫走向前來。「唐諾，」她說：「我想你是知道你在幹什麼……假如你需要任何東西——不論什麼東西——麥先生和我都願意幫忙的。」

「謝謝你。」我告訴她：「我不需要什麼幫忙，善樓是正直的，雖然固執了一點。」

「我也相信我是固執的。」善樓說。

「我認為你是野蠻人！」她生氣地向他說：「你根本沒有理由動手打他。」

「好了，姑奶奶，」善樓說：「我衝動了一點，我生氣了。」

她說：「我希望有一天有人一報回一報，照樣揍你一頓，看你怎樣辦。」

善樓笑笑說：「我知道我會怎樣辦，和他打架呀。走了，賴。」

我把手伸向郝海倫。「謝了，」我說。

她用兩隻手握住我手：「有什麼結果告訴我一下，唐諾。」

「我會告訴你的。」我說：「再見了，你幫我那麼多忙，多謝了。」

宋警官說：「假如你們想用汽車去機場，又想趕上這班飛機，不走是不行了。」

「我們走囉，」善樓說：「走吧！賴。」

第十七章　合作

我們把安全帶扣好，善樓說：「賴，你弄清楚，在沒證據之前，我不會相信你任何推理的，什麼也不會相信。」

「那就不要相信。」

駕駛把飛機帶到起飛的位置，替引擎加油，試試推力。

善樓說：「你認為真相是怎樣的？」

「我怕你會相信我沒有證據的推理。」我說：「還是不開口好。」

駕駛把飛機加速前進，突然大家向椅背緊貼，飛機靠巨大的推力升上高空。

不久後，繫緊安全帶的燈號熄去。

「你不必那麼狡猾，剛才打你一拳我很抱歉，我氣瘋了。」他說。

「你沒理由生氣。」

「我知道，賴。好警察不應該意氣用事，我已經說抱歉了，混帳的，我向你道過歉了。你若還那麼固執的話，我站著讓你打回一拳好了。」

「好，」我說：「你抱歉我知道了。」

「是嘛，小不點，你認為發生什麼事了？」

我說：「只有一種可能，但是我不告訴你。」

「好，你不告訴我。你練習著說說，我不聽好了。」

「我也不說，你帶我回洛杉磯去好了，記者會在機場等我們飛機，你可以告訴他們你把謀殺案犯人帶回來了。然後郝海倫會指認孫夢四是偷窺者，凌珮珠會自認是做偽證，有人的臉會紅得不好意思，反正不是我。」

善樓坐著生氣，不出聲。

我停住。

他說：「說下去呀。」

「我為什麼要說下去。」我告訴他：「我在報復你打我的那一拳，你使我受傷，現在你自食其果，你要回洛杉磯，郝海倫和她的律師會通知洛城的所有記者。再說鳳凰城的記者現在也都知道費秘書辦公室有關引渡的結果了。他們會電傳通知東西兩地所有新聞記者，洛杉磯記者會認為是大新聞，我們下地的時候可有得熱鬧了，那時候你怎麼辦，他們會問問題，我很想聽你怎麼回答。你自己生出來的蛋，你自己來孵。我只是旁觀，我會和你用手銬銬在一起，你不把我送進牢去，你甩不掉我。」

「唐諾，我說過，打你一拳的事，我抱歉。」

「我還在痛。」

「你要我怎麼辦？」他生氣地說：「像老媽媽一樣親你一下？」

「那倒不必。」我說：「我只要看到你站上記者招待會的紅地毯，我就滿足了。他們會有很多人，照相機、閃光燈、錄音機、錄影機，然後由你發表演講。等你講完了，也許我也會發表一點意見。」

「去你的。」他說：「你不准說話。」

「這樣的話，記者更認為這是大案情，而你不和他們合作。記者們不喜歡這樣的，有的記者會給你登出來，宓警官自己因為行動野蠻曾於鳳凰城被捕，現在是兩千現鈔交保在外，但仍不准犯人發言。他們又會說，麥莫賽，鳳凰城的一位名律師保證宓警官會因為重傷害罪受審，因為他在一個公寓廚房裡對一個坐著的人動粗，把他的頭撞向牆壁，使他昏過去，讓他腦振盪。麥律師也受委託對這件事要求五萬元民事賠償……反正你自己看著辦。」

我動一下身子，使自己坐舒服一點，打個大呵欠，把眼睛閉上。

「你這王八蛋，」善樓說：「你要真睡著，我要你好看。」

我說：「你敢再放一隻小指在我身上，麥莫賽會要了你的徽章。」

「唐諾，這種態度對我們兩個會有什麼結果呢？」

「會有到洛杉磯的結果。」我說：「這也是我想去的地方，你說過沒有證據的推理你不會相信的，所以──」

「假如聽起來像樣，我也許會相信的。」善樓說。

「不行，」我告訴他：「你聽不進去的，你把我帶回洛杉磯，我會在洛杉磯再請一個律師，我會在接見的時候告訴他。然後柯賴二氏偵破一件謀殺案，而你還在紅毯上向記者發表消息。」

「我不準備向記者發表什麼消息。」善樓說。

我向他大笑。

「有什麼好笑的？」

「別忘了，經過電報，費秘書辦公室的事，洛杉磯記者都知道這件事了，他們現在紛紛在挖掘這個故事呢！」

我又把眼睛閉上。

善樓說：「我不必把你帶到洛杉磯。」

「我已經放棄引渡權了，我現在是被捕的。」我說。

「我愛怎麼做誰管我！」善樓說：「我相信你在棕櫚泉有租一輛車。」

「當然，」我說：「我會請白莎去還掉的。」

我又大大打個呵欠，深深靠到椅背上，把眼睛閉起。

我感覺到善樓在研究整個局勢，我也曾偷偷打開眼角看他一下。

善樓眉毛蹙得很緊，嘴角在微動，好像用無聲之言在加強思索。

過不多久，空姐在宣佈我們快到棕櫚泉了，又該把安全帶繫起來。善樓用手肘不太輕地觸我一下：「好了，小不點，醒了。」

「什麼事嘛？」我假裝想睡地問。

「我不會讓你有機會和洛杉磯記者講話的。」

「為什麼不？」

「我們在棕櫚泉下機。」

「這對你也沒什麼好處，」我說：「飛機一到洛杉磯，但是你不在上面，記者會問空姐你在哪裡下的機，然後他們真的要佈下天羅地網了。」

「讓他們去佈好了。」善樓說：「來，我們下機。」

我們在棕櫚泉下了飛機。

「你在這裡有輛車。」善樓說：「是租來的，停在哪裡？」

「機場。」

「鑰匙在哪裡？」

「車底橡皮墊下面。」

善樓叫我把他帶到車旁，找到鑰匙，發動車子。

「我們去哪裡？」我問。

「我們用我的方法回總局去。」善樓說。

「這輛車每跑一哩，我要付一角。」我說。

「真是太不幸了。」善樓說：「你不和我合作，我也不和你合作，知道嗎？」

「你也許忘了。」我告訴他：「我也有我的權利，你應該把我帶到最近、最方便的司法長官那裡去。」

「你嚷什麼？我沒有聽到。」

「隨你便。」我說：「等麥律師把你修理過之後，你就真的什麼都聽不到了。」

「你要知道，」善樓說：「這個麥莫賽——他太不合作了。」

「他對我還是很合作的。」

「假如我放你自由，你怎麼說？放你自由，隨便你去哪裡，我不再管你？」

「你不能放我自由。」我告訴他：「你是個維護法律的官員，我是被你逮捕的犯人。」

「我能讓你逃走。」

「我不願意逃走。」

「好吧，你小子到底要什麼？」

「我要正式釋放。」我說：「我要為我名譽辯護，然後柯白莎和我要把謀殺案偵破，這一次我們再也不讓任何警察代我們得這個名譽了，我們自己來要這個名譽了。」

善樓把上下兩排牙齒咬得緊緊的，我可以看到他下巴兩側肌肉在抽動著。過了一下，他自口袋中掏出一支雪茄，插進嘴裡，沒有點火，猛咬雪茄屁股。

我們沿了棕櫚高速公路向山的方向開去，善樓也許認為走這條路可靠一點，萬一記者想攔截的話不會首先想到這條途徑。

「你偵破不了任何東西。」他說：「謀殺案反正已經偵破了，我知道什麼人殺了杜漢伯。」

「真的嗎？」我問：「請問你怎樣來證明呢？」

「凌珮珠會說出來的。」他說。

「凌珮珠是個共謀。」我告訴他：「你不能靠一個共謀犯不確定的供詞來定孫夢四的罪。」

「我們還有那支槍。」

「當然，」我說：「你有那支槍，那是你用來對付我的證據，現在你用來對付孫夢四，凌珮珠到過公寓，為什麼不可能是她放在裡面的？」

一語提醒了善樓，「真是有可能！」他說。

「我可什麼也沒有說，」我告訴他：「這次柯白莎和我兩個要爭功，偵破這件案子。」

「你們得不到任何警察沒有的證據。」善樓說。

「沒有錯。」我告訴他：「警察無法獲得的證據，我是得不到，但是警察沒有看向該看的方向，而我先看向正確方向。」

「賴，在這件事上你該給我一次機會，你和我一樣瞭解，由你來偵破謀殺案一點好處也沒有。又沒有人會給你付錢，沒人僱你來偵破謀殺案呀，再說，白莎不會聽你的，她會給我一個機會。」

「要是她知道你打我一拳，就不會。」我說。

「喔！算了！」

「算不了，我還在痛。」

「我可以叫你更痛，小不點的狗雜種，你什麼案都破不了，假如不合作，我就把你這輛混帳車子沿了南加州猛開，開到案子自己解決，你去付你的一角一哩好了，到時候，白莎看到汽車帳單自然會把你撕成粉碎，我等著看好戲。」

「沒關係，」我說：「等麥律師在鳳凰城修理你之後，我在這裡也可以控訴民事賠償的。」

「你告不到鈔票的。」善樓說：「我是個警察，我除了薪水什麼也沒有。」

「你的汽車比我要你賠的多。」我說：「我以後開你車好了。」

「你真是夾纏不清的大混蛋，」善樓說：「這樣好了，我們不談公事，我們談私交。」

「私交，私交在你一拳打下來時早打跑了。」

「好了好了。」善樓說：「我服你了，小不點，你說吧，你要我怎樣才對你胃口？」

「我給你一個線索，你肯追嗎？」

「什麼線索？」

「一個可以偵破這件謀殺案的線索。」

「可以，可以，說吧。」

我說：「我們在第一個有電話的地方下車，我們叫白莎在聖塔安納和我們見面，我們到靈心公寓，我們去搜凌珮珠用戴安妮名字租的公寓，希望能找到犯罪的證據、信件或其他證據。」

「不可能有的。」善樓說。

「好吧！」我說：「你堅持的話，你玩你的好了。」

一哩之外有個服務站，這一哩之間善樓在猛想，突然，他轉入服務站，拿出徽章。「我要用你電話。」他說：「公事。」

十分鐘後，他回到車裡。「好了。」他說：「白莎會和我們見面，我們沒有搜索狀。」

我說：「經由她在鳳凰城的證詞，你的立場是足夠的，開快一點，我們趕得上的。」

「我們有的是時間。」善樓說。

「對付這個女人——不見得。」我告訴他。

善樓用腳把油門踩到底。「好吧，聰明人。」他說：「我相信你，我發誓我對你從來沒有信任過，但這一次我信任你，坐好了，我們是在趕時間。」

第十八章　私人遊艇

柯白莎如約在聖塔安納的靈心公寓前等著我們。

我們開車過去的時候，她自車中出來，大步自人行道過來，她的眼光經過善樓，對我說：「瞧！你又幹了什麼好事，你——」

「別急，白莎。」善樓說：「這傢伙可能沒幹壞事。」

「什麼！」白莎叫道。

「我說了呀，」善樓說：「這件案子比外表複雜得多。」

白莎說：「是你親口告訴我，這次唐諾是死定了的。」

「我以前認為如此。」善樓說：「那是因為案子裡還有些事我未查清。」

白莎向我生氣地看看，轉向善樓道：「沒確定怎能開黃腔？」

「開黃腔有什麼關係，只要趕上破案就可以了。」善樓說：「目前我是騎在虎背上，不敢下來，只好跟了老虎跑。」

「我們現在要幹什麼？」

「我們要進別人的公寓去看看。」

白莎對我說：「一定又是你的鬼主意，標準的賴唐諾式的反正統作法。老天，我每次找來的普通正經案子——就像這次，調查一個商業洩密，你總是七搞八搞，把它變出一個屍體來。叫我怎麼不相信善樓說的，是你在殺人呢？」

善樓大步走向公寓的入口，白莎跟進，我縮在最後。

善樓找到經理，他告訴經理要看一下戴安妮的公寓。

經理打電話給法律顧問，告訴善樓，除非有搜索狀，否則絕無可能。

善樓忿怨、憤怒，他用電話找到聖塔安納警察局長，局長找到地方檢察官。

正在鬧得不可開交之時，一輛計程車停在公寓門口，凌珮珠從車上下來。

經理說：「凌小姐來了。」

凌珮珠看看那一堆人，說道：「怎麼回事？」

「我們要看看你的公寓。」善樓說。

「有搜索狀嗎？」她問。

「我就問過他們這一點。」經理說。

「謝謝你。」凌珮珠向經理說，一陣風自人堆中通過，走進電梯，上樓。

善樓拚命控制自己的情緒，他想想局勢，大步迴轉到人行道。

在車旁，他向我說：「是你！小不點，你又把我拉進這種局面，這下聖塔安納的報紙，可有得登了。」

「你為什麼不直接進去，搜索她的公寓？」

「我哪裡敢！法律有明文規定的。」

「為什麼不申請張搜索狀？」

「證據不夠。」

我說：「好吧，你怎麼做，不關我事。」

「你不知道，最近這些法律的規定。」善樓說：「他們一再把作姦犯科犯人手上的手銬取下來，銬到我們警察的手上去，我們縛手縛腳呀。」

「好吧，」我說：「你是主角，我不是。」

「喔，我以為你要做主角，這是你建議的。」

「你根本不瞭解我的建議。」

「我一直依你辦法，我是在幫你忙呀！」

白莎說：「什麼狗屎規定，警察不能搜別人公寓。」

「其實他這次是可以的。」我對白莎說。

「什麼意思他這次可以的？」白莎問。

「當然可以，」善樓說：「成功失敗都準備丟官。」

我對白莎好像向十歲小孩一樣解釋，完全不理會善樓。我說：「這位小姐在鳳凰城已經承認作了偽證，鳳凰城一定已經逮捕她，她一定付了錢保釋在外。付保釋金的人是一定要她離開法律管轄的人，她承認在一件謀殺案裡說了謊，她承認是謀殺後共犯，其實善樓只要走上去，告訴她因為她是謀殺嫌犯，她被逮捕了。善樓不能在加州以外逮她，但這裡是加州轄區。一旦他逮捕她，他就進了她的公寓。一旦他進了她的公寓，他可以隨便看看。你看，他有權可以做任何事。」

善樓說：「對呀，我可以如此做！我可以逮捕她，就因為她是謀殺案的嫌犯。」

「不釋放我就不行。」我說：「你總不能同時有兩個嫌犯吧。」

善樓低頭想了一下。

「再說：」我向白莎道：「要是善樓夠聰明的話，他可以假裝他失敗了，把車開走，轉一圈再回來，停在可以觀察公寓大門的地方。

「這個女人在鳳凰城做偽證是出了大紕漏，她能出來，是要花錢的。她一定是包了一架飛機直飛聖塔安納，否則不可能交保之後能那麼快到這裡，這也要花錢的。我看十五到二十分鐘之內，她會自公寓出來，穿過馬路到對街郵筒去寄一封信。目的是看一看有沒有人守在門口，假如她認為是安全的，五分鐘之後會有一輛計程車停在公寓門口。這個女人會自公寓出來，叫計程車送她去機場或是其他什麼孫夢四會等著她的地方。」

「為什麼是孫夢四？」白莎問。

「因為只剩孫夢四可能把她從鳳凰城弄出來。」我說。

白莎看著我，兩隻小眼睛睜得大大的，眼皮一煽一煽煽了兩下。「他奶奶的。」她說。

我打個大呵欠。「不過，善樓很小心，他不肯冒險，所以他不會釋放我，他會逮著我回洛杉磯，然後我會在那裡對記者說話。

「記者們會大大騷動，他們已經有了鳳凰城電傳的消息，等我告訴他們聖塔安納這件糗事，你看會怎麼樣？」

「是你出主意要我到這個地方來的。」善樓說。

我又打個呵欠。

善樓爬進我租來的汽車，他說：「白莎，你也進來。」

「要去哪裡？」

「我要把他帶回洛杉磯總局去。」

「那我開我自己車。」白莎說。

「你車停在這裡好了。」善樓告訴她：「你進車來。」

柯白莎坐進後座。

善樓把車開走，轉了兩個圈子，回來停在看得到公寓大門和對面郵筒的地方。

等了五分鐘，凌珮珠自公寓大門出來，手裡拿了一封信，那麼明顯，我們在一條半街外都看得清清楚楚。

她把信投了郵，不在意地街前街後看看，回進公寓。

善樓在她回進公寓後像子彈一樣自車中飛奔出來，他走進一家有公用電話亭的雜貨店，走進電話亭，投了硬幣開始撥號。

柯白莎對我說：「你真會把事情搞得天翻地覆，你把我們偵探社弄得萬劫不復了。你把你自己執照混掉了，說不定還要陪上我的。你使善樓和我們敵對，你——」

「閉嘴。」我說。

「你以為你是什麼人，叫我閉嘴！」白莎喊著道。

「你聽到我講的了，」我告訴她：「你講的話，你都要自己吞回去。現在少講一點，等一下喉嚨可以小一點。」

「你……你這——」白莎口吃地說，像中風一樣突然停下來。

一輛計程車開到靈心公寓門口，凌珮珠一定是在門裡面等著的，因為計程車停下，駕駛匆匆下車把門打開，凌珮珠拿了一個行李箱、一個手提包就走了出來。駕駛把行李箱也放進車座，等凌珮珠進了汽車，把車門關上，他自己繞過車尾，走進駕駛座，把計程車開走。

我能看到凌珮珠自車子後窗向後望，看有沒有車子在跟蹤。

「怎麼搞的？」白莎說：「這混蛋笨警察打電話，卻讓她眼睜睜溜掉了。」

我說：「他管他的工作，我們該耽心我們自己。」

「你才該好好耽心你自己，看你替我們弄來多少煩惱。」

白莎試著引起善樓的注意，想辦法給他打手勢。他一直把背對著我們。最後，終於轉身，看向這邊。

白莎做出叫救命似的狂亂手勢，指向街頭。

善樓也許沒有看到她。他轉身又進入電話亭，打了幾個電話。

過了一下，善樓悠閒地走出來，輕鬆地坐進汽車。

白莎生氣得在口吃。「你到底怎麼啦？」她說：「老天！這裡賴唐諾像諸葛亮一樣告訴你會發生什麼事，而你去打電話，多半是向上級請示，眼睜睜看著這小蹄子跑掉。你沒有看見我的手勢呀？」

「我看到了呀。」善樓說。

「好吧，」白莎說：「你自大，以為這樣好玩。我告訴你，那隻小鳥飛出籠子去了。」

善樓說：「我也告訴你，那隻小鳥飛進籠子去了。」

「什麼意思？」白莎問。

「以後再解釋。」善樓說。

白莎的臉脹得發紫。

我說：「白莎，不要急。善樓剛才是打電話給聖塔安納警察局，讓警察局又打電話給計程車公司的發車人，問他發往靈心公寓的車要開去哪裡。你看這裡計程車都要用無線電回報，客人一上車去哪裡，都必須先和公司聯絡才能開車。善樓不久會知道那計程車是去機場或別的地方。」

「他奶奶的。」白莎說。

善樓看我一眼：「聰明！」

我打個呵欠。

善樓自口袋掏出一支雪茄，含在兩片嘴唇中，開始用牙齒來咬。過了一下，他自車中下來，又走進電話亭打電話，回來，發動引擎。

「哪裡？」我問他。

「既然你那麼聰明，你猜猜看，她去了哪裡？」善樓說。

「好吧。」我告訴他：「一定是最近的私家包機可以下降的機場。」

「你不覺得太明顯了嗎？」善樓問。

「也許，但是這是最快的方法。」

「但是，絕不是最好的方法。」善樓說，露出了他的牙齒。

「去哪裡？」我問。

「別心急。」他說。

我靠著坐墊，善樓開車經過聖塔安納直向新港堤。

「他瘋啦？」白莎說。

「有道理，」我告訴她：「孫夢四會在新港一條私人遊艇上和凌珮珠會合。她上船，他們聲稱要啟航卡塔林娜，但直奔墨西哥——渡一個小小的遊艇週末。

他們會結婚，然後彼此不可能再互相作證做不利對方的證詞。凌珮珠的確會用頭腦，現在孫夢四不和她結婚都不行了。」

「我一定要回去拿我的車。」白莎說：「他們會開罰單的，我停在臨時停車區裡。」

「你必須和我們在一起。」善樓告訴她。

「白莎，我告訴你，你先定定神。」我說：「這輛車是我租的，被善樓硬搶去用，我們要付一角一哩的租車費。」

白莎從後座突然彈起，我以為她會把後座彈簧弄斷。

「什麼！」她叫道。

「每一哩路付一角。」我告訴她。

「為什麼——你，你憑什麼充公或徵用唐諾的東西，你以為你是老幾？」白莎向善樓吼道。

善樓注意著前面燈號，把雪茄自嘴的這邊搬到另一邊，連頭都不回一下。

白莎囉嗦不斷了半哩路，徒勞無功，咬牙切齒地停了下來。

善樓不慌不忙。我們輕輕鬆鬆進了新港，又開進了豪華的遊艇俱樂部。善樓把證件給看門的看，進門，把車停妥。

一個警官在等他。「在這邊。」他說。

「你們兩個一起來，但不准講話。」善樓說。

我們走上一個私用碼頭，碼頭上一艘大得可跑遠洋的雙引擎柴油遊艇停泊在那裡，跳板上一個警官守護著。

警官讓我們經過，我們下去進入一個艙房。

孫夢四、淩珮珠和另外兩個警官圍坐在一張桌旁。

孫夢四臉上像結了冰一樣充滿憤怒。

「我想是你引起這件事的吧。」我走進去的時候他說。

我向他一鞠躬。

善樓說：「由我來說話。孫夢四，是我負責這件事。」

「我會叫你失去執照。」孫夢四對我說：「你欺騙了我，出賣了自己僱主，做兩頭蛇，案子兩方拿錢。你——」

「閉嘴，」善樓說：「你聘僱這兩人給你找你公司裡的漏洞，根本沒有漏洞，為的是找別人替你火中取栗，你並沒有請他們給你偵破謀殺案。」

「我怎麼知道他做些什麼？」孫夢四問：「我不會信任他的。」

善樓轉向警官：「搜查他了嗎？」

警官點點頭：「他身上什麼也沒有。」

「這婆娘呢？」善樓說。

凌珮珠說：「我不是『婆娘』。我還沒有被搜過，我也不會隨你們搜，我的行李也不會隨你們搜，我是一個女人，我不會讓你們一大堆男人伸出爪子來東碰西摸的。你們警察就喜歡假公濟私，佔了便宜還說是公務，我不幹。除非有女警在，否則談也別談。」

善樓用大拇指向白莎一翹。「委託她代理。」他對警官說。

警官微笑，說道：「她叫什麼名字？」

「柯白莎。」

警官說：「柯白莎，以法律之名，我委託你以公民身分來協助辦案；我指定你做個女監護，來搜查這位犯人。」

凌珮珠臉色變白，她站起來說：「你敢！你敢！我不准你碰我！你不能——」

「我已經受委任了嗎？」柯白莎問。

「是的。」警官說。

「什麼地方有間沒人的房間？」白莎問。

警官用下巴指向一個門道：「這裡有個艙房。」

白莎說：「請吧，親愛的。」

「去你的。」凌珮珠道。

白莎走過去，凌珮珠挺胸向前，伸手來抓，嘴裡嚷著恐嚇的字句。

白莎向她前面一站，伸出一隻手，抱住她腰部，把她提離地面，經過這扇門，好像凌珮珠是一袋雜貨一樣。

另一位警官進來，把孫夢四帶出去走向碼頭。

善樓坐下來，露齒在笑。

警官也向他露齒笑著。

善樓用大拇指向我翹一下，他說：「坐下來，小不點。」

我們聽到那扇門後發出聲音來；砰的一聲，然後是尖銳發抖的大叫聲。船身震動，好像整個遊艇撞上堅牆，艙房的壁因為重重一撞凸出了一些。

十分鐘後白莎出來，拖曳著凌珮珠。

凌珮珠看起來像是從碎肉機裡出來的，她頭髮亂了，襯衣破了，上衣上有一個洞。

「搜過了。」白莎拍拍手說。

「找到什麼？」

白莎把一紙文件拋向桌上。「這玩意兒藏在她胸罩裡。」她說。

警官們跳起來圍過去看。

我沒機會看，但過不多久善樓點頭道：「這就可以了，這玩意兒告訴我們動機，這是杜漢伯的遺囑，全部遺產完全給凌珮珠。」

「什麼時候生效的？」我問。

「兩年前。」善樓說。

我說：「這張紙一毛不值，杜漢伯遺有一個兒子，他也尚遺有一個通認但未正式結婚的妻子。這是一個法律對不成文婚姻法有束縛力的州，他不能不先辦剝奪妻子繼承權的手續，而把財產全部遺給別人，我認為其中有些財產不是他一個人的，是他和他妻子的共同財產。」

凌珮珠說：「你這個自以為是的小混帳！你知道什麼？你再看一眼這張遺囑，這張遺囑是專家律師所起草的。上面寫得很明白，任何前來自稱遺屬、親戚的，每人都給一塊錢。」

我說：「你反正是一毛錢也接受不到的。他們會把謀殺罪釘到你身上，謀殺犯不能從他殺死的人那裡接受遺產。」

善樓說：「這遺囑對我們有用——再說企圖脫逃也是罪證。」

「現在你準備怎樣？」警官說。

「收押他們，謀殺嫌犯。」善樓說。

「你不可能證明什麼的。」凌珮珠說：「我已經受夠了你的騷擾，你是不值錢、假正經，十足的狗娘養的！你——」

白莎伸出大手，抓住她上衣，扭到很緊。

「閉嘴，」白莎說：「你在說的是我好兄弟警官。」

珮珠已經怕死了白莎，真的閉上了嘴。

兩個警官彼此一笑。

善樓走向我。「你滾吧！」他說。

「我被釋放了？」

「你像空氣一樣自由了。」他說：「你是個公民，沒有人打擾你，你滾你的。」

我說：「你不能這樣做，你是執法的警官，你是奉命把我逮捕的。」

「我奉到長途電話命令釋放你。」善樓說：「你認為我在電話亭裡除了調查計程車要開哪裡之外，為什麼打那麼多通電話？」

「白莎怎麼樣？」我問。

善樓笑笑道：「我們需要一個硬朗的牢頭演女起解，要不然她會說我們一路給她性騷擾，白莎反正是正式受委託的。」

「有工資沒有的？」白莎問。

「有臨時工資。」善樓說：「政府有規定的，得辦手續向郡申請。」

「別耽心。」白莎說：「我會申請的。」

凌珮珠拚命想為她現在的處境掙扎。她想說什麼，看看白莎的臉，不敢開口，靜默下來。

「我們來搜查一下這個遊艇，看有沒有其他罪證。」善樓說：「柯太太，請你搜女犯人的行李箱，搜完我們就上路。」

他轉向我，翹他大拇指指向艙門：「你走吧，小不點。」

我走。

第十九章　親筆簽名的遺囑

杜漢伯的辦公室因為他的死亡而關閉了。我找到那個曾和杜漢伯一起在自助餐店吃中飯的女郎，馬桃麗的公寓，去公寓拜訪她。

「你是那個跟我進電梯，下走道，進辦公室的男人。」她見到我就認出我了。

「是的，」我告訴她：「尚不止如此，我從你和杜先生在自助餐店偷偷約會就開始跟蹤你。」

她眼睛看向我，研究著我的動機。

她說：「好吧！你有什麼事？」

「我要事實，要你告訴我事實，因為你知道這是件謀殺案。」

「你要知道什麼？」

「為什麼要如此偷偷約會？」

「因為凌珮珠。」

「你知不知道，她也在自助餐店偷看你們？」

「什麼！」馬桃麗大叫道：「她也在看我們？」

我點點頭。

「這解釋一切了。」

「解釋什麼？」

「謀殺。」

「為什麼？」

「凌珮珠是危險……危險人物。」她說。

「她現在不危險了，毒牙拔掉了。」我說：「你是不是和杜漢伯有什麼戀情，你在追什麼，婚姻？金錢？還是——」

「我和他沒有戀情。」她說：「完全不是你想像的那樣。」

「我這一行幹久了，這種話聽久了，都聽膩了。」

她說：「杜漢伯從來沒有把我當成女人來看。」

「我眼睛看到的情況並不像你說的那樣。」我說：「你也在用你的媚眼——」

「我當然要用我的眼睛。」她說：「他要的東西我無法給他，他要的東西他永遠也得不到。所以我自己當然要為我自己打算，看能不能為將來弄點保障。」

「他要什麼？」我問：「你？」

「別傻了，只要他勾勾手，我就會把自己綁上個緞帶結，放在銀盆子上送給他，他要的是石依玲。」

「喔！」我說。

「他找我，是因為他認為我能使他和石依玲重修舊好。」

「你知道你沒有辦法？」

「我自己知道這件事辦不到，我要他知道『我』隨時可以。」

「你試過依玲？」

「我沒有，我知道她的感受。我吊著杜先生，希望自己的計劃有用。也許會成功——假如珮珠沒看到——杜先生怕死她了。她說寧可殺死他，也不會讓他自由的。」

「事實上她沒有什麼法律依據可以逮住他的，為什麼他那麼怕她呢？」

「她是有計劃的，從一開始就收集證據的。」

「情書？」

「信件、錄音帶、照片……她都齊全的。」

「她要什麼？」

「結婚。」

「給她一點錢，行不通嗎？」

「談也別談，她投資時間太久了。起先他可以給錢了事的時候，他不幹。後來她火了，堅決非結婚不可。她要做杜太太，她要社交、認同，她想瘋了，她要做名人的太太。」

「但是她兩隻腳踩著兩條不同的船呀。」

「什麼意思？」

「孫夢四要找個內線人，裡應外合把杜漢伯揪出去，由他來接管這個公司，他幾乎成功了，他的方法是在合宜的時候抖出杜漢伯的醜聞來，孫夢四把醜聞也給他準備好了。」

「孫夢四！」她大叫道：「原來這是為什麼他叫石依玲替他工作的原因。」

「當然，他替她製造了一個陷阱。」我說：「整件事是個陷阱，凌珮珠臨陣倒戈，和孫夢四又勾結上想撈一票。我不知道孫夢四有沒有和她說好要娶她，給她社交地位，但是至少是有承諾的。他給她一個公寓，請她用戴安妮名義住在聖塔安納。」

馬桃麗張開她的大眼睛瞪著我。

我又說：「杜漢伯又給了一份遺囑給凌珮珠，叫她藏著——」

「喔！這個，」她說：「這算不得什麼。」

「你怎麼說這算不得什麼？」我問。

「因為杜漢伯另有一份最近的遺囑，完全是他親筆寫的，把全部遺產給石依玲和她的兒子。他告訴我他要親自把遺囑交給石依玲，並且告訴依玲萬一他無法擺脫凌珮珠，至少他要她知道他心意——」

「等一下，」我打斷她的話：「他告訴你，他要自己把這張遺囑交給石依玲？」

「是的，他還問我，不知如此會不會改變依玲對他的看法。」

「他要自己交給依玲？」

「是的，我已經說過。」

「那麼，他一定是帶去日泳汽車旅館了——但是他死了之後，並不在他身上呀。」

「是不在。」她說：「那天他在自助餐店什麼都告訴我了，他說當晚他要和依玲見面，只是沒有告訴我地點，他問我遺囑該怎樣處理。」

「於是你建議直接告訴她，再把遺囑給她？」

「是的，我見到他的時候，他一腦子只想到依玲，全世界除了依玲，已經沒有別的女人和他有關了。」

「你也知道依玲有個兒子？」

「是的。」

「你建議他把遺囑的事告訴依玲，把遺囑交給依玲？」

「是要依玲保有遺囑……為的是她的安全。告訴我，唐諾。假如殺死他的人，從他身上取走了遺囑，把它銷燬了，會有什麼後果？」

「後果不一定。」我說：「要看我們能否證明有這張遺囑，我們要毫不遲疑的說出遺囑是存在的、裡面內容是什麼，而且他不可能改變意見或自動銷毀這張遺囑。這將是很困難的一件工作……現在說回到依玲的兒子，杜漢伯曾在你前面承認自己是他的爸爸？」

「是的，絕對承認過。」

「你和他有什麼其他聯絡方法？他有沒有寫過任何東西給你？」

「我有他一封有關遺囑的信。」她說。

「寫點什麼？」

「告訴我這件事。你看，他寫了一張遺囑把一切遺留給依玲，隨後他又決定另寫一張遺囑，把一半財產給她，另一半給他的兒子。」

「原來那張遺囑呢？」我問。

她蹙眉想了一下，她說：「等一下，唐諾。那遺囑在我這裡。」

「在你這裡？」

她點點頭。

「我看一下。」我說。

她走向一張書桌，打開抽屜，在紙堆中找了一下，說道：「在這裡了。」

紙上寫著：

本人確知全部由親手所寫，且留有日期，親筆簽名的遺囑，是有效文件。所以我手寫我最後遺囑及遺言，把我全部所有遺產留給石依玲。我沒有提起我兒子杜小伯，因為我相信他媽媽會好好照拂他的。我把我所有以往立過的遺囑都取消。我是一個寂寞的人，自從失去依玲後，我一直在找尋能替代她地位的人，現在我知道世界上沒有這樣一個女人，全世界只有一個石依玲。我曾努力希望掙脫一切束縛回復單身漢的自由。太晚了，我現在知道單身漢太寂寞了。

這份遺囑由杜漢伯親自簽名，日期是十天之前。

我把遺囑摺起來，放進口袋。

「你能作證說這是杜漢伯的筆跡嗎？」我問。

「是的，每一個字。但是唐諾，這張遺囑沒有用了呀，因為他在此後又寫了一張最新的遺囑。」

我說：「他是寫了一張更新的遺囑，凌珮珠知道了他要把遺囑給依玲。她跟蹤他去汽車旅館，她自窗外放了冷槍，走進去自他身上把遺囑搜出來。她認為毀掉了這張遺囑，她身上的遺囑就是有效遺囑了，她可以自由地強迫孫夢四娶她；她自己也有足夠的錢財；進而可有受敬重的社交地位。

「我知道我們可以把她手中的遺囑打垮，只要證明杜漢伯是她殺死的就行。但是我一直在發愁如何替依玲爭點財產及如何可證明小伯是他兒子。」

「喔！我現在放心了。」

「真的嗎？」我問：「我看到你用眼睛想勾他。」

「我告訴過你我失望，放棄了。」她說。

「什麼時候？」

「那天，在自助餐店。」

「那是你第一次發現自己不會有希望嗎？」

「是的，我本來也知道自己沒希望的，我知道他心中除了依玲，再也容不進其他人，他也許會和別人在一起，但心靈上反正只有她一個人。

「我老實對你說，賴唐諾。你別誤會，你想我是在欺騙我朋友石依玲——也許我是有欺騙她，但是一旦牽涉到結婚、安全感、受人尊敬，哪個女人肯放棄試一試的機會呢？」

我把記事本拿出來，開始在上面寫字。

「你在寫什麼？」她問。

「我在為這張遺囑，給你開一張收據。」我說。

我把收據交給她，走向門口。

回到辦公室，我走進去的時候卜愛茜抬頭向我說：「唐諾，你都到哪裡去了？好可怕，大家都在說你有麻煩了。」

「是曾經有過。」

「現在呢？」

「現在沒有問題了。」

「喔！唐諾，我好高興。」

她走向我，自然地把手握住我的手：「唐諾，我都快嚇死了，白莎也給牽累得很厲害。」

我說：「謝謝你關心。」

「唐諾，你認識了一個梅子的女人呀？」

「有個女人自已說叫梅子，怎麼啦？」

「有一張卡片今天送來，說經理已處理掉了，歡迎你隨時去看她，簽名是梅子。」

「那就是韓小姐，她在電信局工作。」

「什麼意思『經理已處理掉了』？」

「我怎麼會知道，有什麼其他特別事嗎？」

「那個脫衣舞孃，宋達芬。」

「她怎麼啦？」

「她來電話，她聲音真膩人，她要我特別特別感謝你，她說你絕不會知道她有多感激。」

「感激什麼？」

「宣傳計劃中你的那部份。」

「有任何結果嗎？」

「任何結果！」她說：「她已經簽好一張合約，拉斯維加斯兩週，每週一萬元。她說都是你的功勞，要謝你……唐諾，真的嗎？」

「什麼？」

「你把她捧起來的？」

我微笑道：「快去剪你的報紙，小姐。白莎會直接進來，我也馬上要找一個律師，代表石依玲遞一張陳情書，請求對杜漢伯最後的遺囑申請認證。在我們暴露孫夢四對杜氏公司陰謀之後，杜漢伯的遺產會達到兩百萬總數，我想我們的酬勞大概是十萬元左右。」

卜愛茜瞪大眼睛瞅著我。「唐諾！」她說，一下跳起來，兩手抱住我的脖子：「你真了不起。」

就在這個時候，柯白莎推開我辦公室的門。

她一眼看到這種引人入勝的畫面，說道：「他奶奶的！」退後一步，把門輕輕帶上，自顧離開。

相關精彩內容請見《新編賈氏妙探之22 躲在暗處的女人》

新編賈氏妙探之21 寂寞的單身漢

作者：賈德諾
譯者：周辛南
發行人：陳曉林
出版所：風雲時代出版股份有限公司
地址：10576台北市民生東路五段178號7樓之3
電話：(02) 2756-0949
傳真：(02) 2765-3799
執行主編：劉宇青
美術設計：吳宗潔
業務總監：張瑋鳳

出版日期：2023年10月 新修版一刷
版權授權：周辛南
ISBN：978-626-7303-14-6

風雲書網：http://www.eastbooks.com.tw
官方部落格：http://eastbooks.pixnet.net/blog
Facebook：http://www.facebook.com/h7560949
E-mail：h7560949@ms15.hinet.net
劃撥帳號：12043291
戶名：風雲時代出版股份有限公司

風雲發行所：33373桃園市龜山區公西村2鄰復興街304巷96號
電話：(03) 318-1378
傳真：(03) 318-1378
法律顧問：永然法律事務所 李永然律師
　　　　　北辰著作權事務所 蕭雄淋律師

行政院新聞局局版台業字第3595號 營利事業統一編號22759935

定價：299元　

國家圖書館出版品預行編目資料

新編賈氏妙探. 21, 寂寞的單身漢 / 賈德諾(Erle Stanley Gardner)著；周辛南譯. -- 臺北市：風雲時代出版股份有限公司, 2023.05　面；　公分
譯自：Bachelors get lonely.
ISBN 978-626-7303-14-6（平裝）
874.57　　112002536